TOUT POUR TOI

J. KENNER

TOUT POUR TOI

Série Stark à tout jamais

Roman Court
par
J. Kenner

Traduit de l'anglais (États-Unis)
par Laure Valentin

———

Délivre-moi

Possède-moi

Aime-moi

Comble-moi

Prends-moi

Joue mon jeu

Sur tes lèvres

Sur ta peau

À tes pieds

Séduis-moi

Retiens-moi

Tout contre toi

Tout pour toi

Protège-moi

Damien

———

Apprivoise-moi

Tente-moi

————

Te désirer

T'enflammer

T'envoûter

Original publié en anglais en 2018 par Evil Eye Concepts, Incorporated sous le titre *Please Me* par J. Kenner

- Traduction française publiée par Martini & Olive, LLC
- Traduit de l'anglais (États-Unis) par Laure Valentin.
- Relecture effectuée par Estelle de La plume de Camélia.
- Conception graphique de la couverture par Michele Catalano, Catalano Creative
- Image de la couverture par DepositPhotos.com/ kieferpix

Première édition française février 2019
Tout pour toi copyright 2018, 2019 Julie Kenner
ISBN: 978-1-949925-35-7
V-2019-2-21P

Par J. Kenner, auteure de best-sellers classés au *New York Times* et au *USA Today*, une nouvelle histoire dans sa série *Stark à tout jamais*…

Chaque jour avec Damien est un miracle, chaque instant avec nos enfants un cadeau. Et pourtant, un mauvais pressentiment me colle à la peau. Une tempête se prépare et menace de m'entraîner, de nous déchirer, de me faire tomber une fois de plus dans ces ténèbres où j'ai juré de ne jamais retourner.

Je sais que je dois lutter. C'est à corps perdu que je me lance dans le combat. Mais ma force me vient de Damien et si nous voulons repousser les ténèbres, nous savons tous les deux qu'il doit me prendre dans ses bras et me marquer de son empreinte. Encore une fois, je dois capituler devant ce feu qui brûle entre nous.

CHAPITRE 1

— Eh bien, je trouve que c'est une idée brillante.

Je m'accroupis en souriant pour regarder ma fille dans les yeux, même si mes paroles s'adressent à Abby, mon associée en affaires.

— Et Anne aussi, pas vrai, ma jolie petite puce ?

— Maman ! s'écrie-t-elle.

Sa voix m'enveloppe, véritable câlin pour mon cœur. Elle tend vers moi ses bras potelés en se penchant et je m'empresse de la serrer contre moi. Bientôt, elle bâille et se frotte les yeux dans mes bras. L'heure habituelle de sa sieste est passée de quarante minutes et, même si elle est calme pour le moment, je sais qu'elle deviendra ronchonne si je ne la couche pas très vite.

Avec précaution, je l'installe dans le berceau blanc qui occupe une grande partie de l'espace à côté de mon bureau.

— C'est l'heure de la sieste, dis-je avant de me pencher pour déposer un baiser sur son front. Anne va faire dodo et rêver de l'idée géniale de mademoiselle Abby.

Ses paupières se ferment doucement et elle tend les mains vers moi. Je sais pourtant que ce n'est pas Maman qu'elle veut, mais son doudou. Je me baisse et récupère la couverture rayée que nous avons rapportée de la maternité, il y a tout juste vingt mois. Nous avons essayé de lui proposer des peluches. Un tigre gentil. Une girafe rigolote. Mais aucun animal n'a pu remplacer cette vieille couverture.

Ses lèvres esquissent un sourire et ses petits doigts se referment sur le doudou. J'éprouve un pincement au cœur, comme si le poids de mon amour pour ce petit être humain était trop lourd à supporter. Je prends une inspiration en m'efforçant de ramener mon esprit, accaparé par ma fille cadette, vers l'univers des applications pour smartphone.

Quand je me tourne, Abby affiche un immense sourire, les yeux pétillants.

— Tu me fais mourir de rire, Nikki, dit-elle à mi-voix. C'est vrai, ce doit être la réunion de développement la plus bizarre du monde.

Je hausse négligemment une épaule et réponds sur le même ton :

— Que veux-tu que je te dise ? J'aime être différente.

Je m'empare du *babyphone* et je désigne la porte de derrière et la terrasse, où nous pourrons discuter sans craindre de réveiller ma petite fille.

— Viens.

Anne a toujours eu le sommeil lourd. Mais à l'image de son homonyme, Ashley Anne Fairchild Price, c'est un petit monstre grincheux si elle ne dort pas assez.

Ma sœur Ashley était mon roc quand j'étais petite, la raison pour laquelle j'ai survécu à l'horreur d'une enfance dirigée d'une main de fer par ma mère. Je faisais confiance à Ashley. Je l'admirais. Et je l'aimais sans condition.

Par contre, sans une bonne nuit de sommeil, cette fille était insupportable.

Je crains que ma cadette tienne beaucoup de sa tante.

Cette pensée me pince le cœur, mais cette fois, l'amour est teinté de chagrin. Parce qu'Anne ne connaîtra jamais ma sœur. Pendant tant d'années, j'ai cru qu'Ashley avait échappé à l'enfer que notre mère nous avait infligé. Je pensais être la seule encore prisonnière de sa toile, forcée à m'affamer et à subir toutes sortes de brimades, entre les mains de cette mère qui voulait faire de moi sa jolie poupée, reine des concours de beauté.

L'automutilation avait été mon ultime échappatoire. Une soupape d'évacuation pour toute la détresse et la douleur qui bouillonnaient en moi. Ce ne fut que lorsque les entailles profondes sur mes cuisses m'ont rendue inutile dans les concours en maillot de bain que j'ai enfin trouvé la liberté. Ou du moins, que j'ai pu sortir de ce cauchemar-là.

La solution trouvée par Ashley a été plus radicale. Persuadée d'avoir échoué en tant qu'épouse – persuadée qu'elle ne serait jamais à la hauteur de ce modèle de perfection exigé avec une telle intransigeance par notre mère –, elle s'est suicidée.

Sa mort m'a perforé le cœur.

Elle m'a manqué pendant des années, mais

maintenant que j'ai des enfants, son absence me pèse encore plus. Car à présent, il y a deux petites filles qui ne connaîtront jamais leur tante. Et je suis la seule à pouvoir véritablement comprendre le vide que l'absence d'Ashley va laisser dans leurs vies.

— Ça va ?

Abby croise mon regard avant de prendre place sur l'un des fauteuils rembourrés de la terrasse.

— Ça va, dis-je avec un sourire forcé en espérant que mon humeur se calquera sur ce mensonge. J'ai la tête ailleurs.

Je m'assieds à côté d'elle. Nous sommes tournées vers la plage immaculée de Malibu et, au-delà, les vagues grondantes du Pacifique.

Nous nous trouvons dans le pavillon de plage que Damien a fait construire pour moi avant la naissance des enfants. Je lui avais dit que la seule chose qui manquait à notre somptueuse maison à flanc de colline, c'était une porte donnant directement dans le sable.

Et comme il me gâte toujours trop, Damien m'a fait la surprise de m'offrir ce bungalow. Il est sur notre domaine et on y accède par un chemin sinueux menant à la maison principale. C'est petit, mais agencé avec goût. Dès que j'ai appris l'existence du pavillon, un mélange d'émerveillement et de bonheur m'a traversée de part en part.

D'émerveillement devant le fait que Damien ait décidé sur un coup de tête de faire bâtir une maison. Et de bonheur, car il l'a fait uniquement pour le plaisir de me rendre heureuse.

Je suis issue d'une famille texane qui a fait fortune dans le pétrole et le gaz. J'ai toujours vécu dans un certain luxe. Mais en comparaison avec Damien, c'était la misère la plus sordide. Il n'a pas toujours été riche à milliards. Non, Damien Stark s'est battu pour mener cette vie et pour tout ce qu'il possède. Je songe avec un petit sourire que, moi aussi, j'en fais partie.

Je me demande encore quelle bonne étoile s'est penchée sur moi pour me donner l'amour de Damien, mais je sais que cet amour est bien réel et d'une profondeur insondable. Je le sais, parce qu'il me le dit. Et plus important encore, il me le montre. Dans chaque caresse, chaque baiser, chaque cadeau un peu fou et extravagant. Cet homme est mon cœur et mon âme. Mon souffle et mon corps.

Et le miracle, c'est que je l'aime tout aussi parfaitement.

Nous nous connaissons, lui et moi. Intimement. Passionnément. Pleinement et absolument.

C'est pour ça que je suis tout à fait certaine que quelque chose le tracasse. Quelque chose dont il ne m'a pas encore parlé, mais qui le perturbe depuis quelques jours. Et j'ai beau me dire qu'il s'agit sans doute d'un problème au travail – car il m'a promis qu'il n'y aurait plus de secrets entre nous –, j'ai du mal à le croire.

À côté de moi, Abby s'adosse en soupirant dans son fauteuil et je m'efforce de revenir à l'instant présent, repoussant avec réticence mes craintes et mes appréhensions.

— Tu sais, dit Abby d'un ton songeur, je trouvais que notre bureau à Studio City était agréable, mais là, c'est le niveau supérieur.

Elle se tourne pour me regarder dans les yeux.

— On peut boire du vin ?

J'éclate de rire.

— Voyons, Abigail Jones ! Je suis choquée.

Elle lève les yeux au ciel.

— Mais non, tu n'es pas choquée. Et puis, c'est toi qui n'arrêtes pas de me dire que ma nouvelle idée d'appli est géniale. Nous devons porter un toast.

— Je ne peux pas te contredire.

Et comme j'essaie toujours de faire plaisir à mes invités et à mes associés – et qu'un verre de chardonnay me fait envie –, je sors une bouteille du petit réfrigérateur à vin de la terrasse et je nous sers un verre à chacune.

— À toi, lui dis-je. Et à l'application Maman Veille.

Le nom provisoire est nul, nous le savons toutes les deux, mais le concept est génial. Abby a trouvé l'idée d'une application pour smartphone spécifiquement conçue pour les nouvelles mamans qui retournent au travail. Elle intègrera les ressources maternelles variées déjà existantes. Surveillance vidéo ou audio, contrôle des nounous, questions-réponses, journal de croissance pour bébé et de perte de poids pour maman, ainsi qu'un tas d'autres options visant à offrir aux nouvelles mères une application d'aide complète.

Je devine déjà son succès. Et comme Abby est un

génie du codage informatique – c'est pour ça que je l'ai engagée –, je sais qu'elle peut y arriver.

— Tu ne crois vraiment pas qu'on devrait attendre ? demande-t-elle.

— Absolument pas.

Je suis sincère, mais je comprends son hésitation. Il y a à peine plus d'un an, Abby était mon employée et je me débattais entre mon rôle de maman et celui de chef d'entreprise.

Avec les moyens de Damien, naturellement, je n'étais pas obligée de travailler et j'en étais consciente. Mais si j'avais quitté Dallas pour venir à Los Angeles, c'était dans le but de lancer ma propre société de développement. Le fait que j'aie épousé le maître de l'univers n'y change rien.

En revanche, ce sont mes filles qui ont tout changé. Lara, notre aînée de bientôt quatre ans, avait vingt mois quand nous l'avons adoptée, et je suis tombée enceinte d'Anne juste avant notre départ pour la Chine. J'avais l'intention de reprendre le travail à temps plein, après trois mois passés avec les filles à travailler comme je le pouvais sur la table de la cuisine.

Mais ma vision des choses s'est transformée dès

que j'ai remis le pied au bureau. Je me suis rendu compte avec douleur que j'avais envie d'être à la maison pour assister aux premiers pas d'Anne et à ses premiers mots. Je voulais voir mon aînée, Lara, jouer avec notre chat ou taper sur les touches du piano. Je voulais rire pendant qu'elle regardait *Dora l'Exploratrice* en chantant la chanson de la carte. Je voulais aller à la salle de jeux Gymboree avec elle et lancer des balles dans un grand drap en nylon.

Et en même temps, je voulais aussi mener ma carrière de front.

Alors, après mûre réflexion, j'ai opté pour un compromis. J'ai proposé à Abby de devenir mon associée. J'ai fermé nos locaux de Studio City, m'épargnant des heures de trajet. Et j'ai converti mon cher pavillon de plage en bureau.

À présent, notre réceptionniste et responsable administrative, Marge, vient ici trois jours par semaine. Abby travaille de chez elle, ou elle vient au bungalow quand nous devons faire une réunion. Et si au départ j'avais l'intention de me contenter de nos projets en cours, avec la même clientèle, tout se passe tellement bien que nous avons récemment gagné deux clients et embauché un nouvel employé.

En fin de compte, nous avons repris le développement de contenus originaux. Comme l'application d'Abby, par exemple.

— Oui, dis-je avec un hochement de tête en revenant au sujet qui nous préoccupe. Absolument. Nous devrions aller de l'avant. Tu peux demander à Travis de travailler avec toi.

Elle acquiesce d'un air songeur, les yeux rivés sur l'océan.

— Il sera excellent.

Je réprime un sourire. Travis a intégré Fairchild Development en tant que programmeur il y a deux mois, et Abby a eu un coup de cœur pour lui. En tout cas, elle n'est pas prête à me l'avouer, sans doute parce qu'elle craint ma désapprobation. En ce qui me concerne, tant que les étincelles dans leurs yeux n'ont pas d'influence sur leur travail, ça ne me pose aucun problème.

— Y a-t-il autre chose dont on n'a pas parlé ?

Abby feuillette le porte-documents en cuir noir aux monogrammes de *Fairchild & Partners Development*. Elle prend quelques notes, raye plusieurs lignes et se tourne vers moi en haussant les épaules.

— Je crois que nous avons tout abordé. Alors, j'en parlerai à Travis demain matin ? Je peux prendre le petit-déjeuner avec lui près de chez moi, à moins qu'on se donne rendez-vous ici.

Je secoue la tête.

— Je prends ma journée, demain. Tu t'en souviens ? Mon long week-end.

Elle lève son verre vers moi.

— L'avantage d'être le chef. Profite bien.

Je réfléchis à mes projets détaillés pour le week-end. Des projets qui impliquent Damien, des bougies et un temps significatif passé au lit. Je sens mes joues rougir et je lève mon verre à mon tour.

— Crois-moi, dis-je avec conviction. J'en ai bien l'intention.

CHAPITRE 2

Quand Anne se réveille, Abby et moi avons eu le temps de boire deux verres de vin et j'insiste pour qu'elle laisse sa voiture ici. Edward peut la ramener.

— Oh, je ne voudrais pas...

— Aucun problème. C'est son métier. Je te promets que ça lui plaît. Et puis, il profite d'être sur la route pour écouter ses livres audio et je crois savoir qu'il est presque arrivé à la fin du dernier thriller de Steve Berry. Crois-moi si je te dis qu'il aimerait bien aller faire un tour.

Elle éclate de rire avant d'accepter, et j'envoie un texto à Edward pour lui demander de préparer la limousine et de nous retrouver dans l'allée circulaire devant la maison.

Abby hausse un sourcil.

— Une limousine ?

Je lui réponds avec un geste évasif :

— À quoi bon avoir une limousine à disposition si je ne peux pas en faire profiter mon associée ?

— Éric ne sait pas ce qu'il rate, dit-elle en faisant allusion à mon ancien cadre en développement commercial.

Il a accepté un poste à New York quelques jours à peine avant ma décision de prendre du recul – et de nommer Abby associée.

— Il s'éclate à Manhattan, dis-je.

C'est sans doute vrai. Mais ce qui est plus vrai encore, c'est que sa présence dans mon équipe me manque. Abby et moi sommes excellentes d'un point de vue technique, mais Éric était un crack des relations à la clientèle. Il adorait entretenir nos clients – et séduire les clients potentiels – autour d'un dîner et d'une bonne bouteille. Moi, j'aime mieux la compagnie de mon clavier.

Pour être honnête, j'ai suivi sa carrière d'un œil. Et même s'il s'en sort bien, ce n'est pas mirobolant. La société pour laquelle il est parti travailler a été rachetée. À présent, Éric est un petit poisson dans une grande mare. Et je ne peux m'empêcher de me demander s'il aimerait revenir avec nous, pour être un gros poisson dans une mare plus modeste.

Chaque chose en son temps. Pour le moment, j'ai simplement envie de rentrer à la maison, de retrouver Damien et les enfants.

Une fois que j'ai changé la couche d'Anne, nous remontons le chemin de gravier conduisant à la maison principale, ma petite fille trottinant à côté de moi, sa main dans la mienne. Abby émet un sifflement admiratif quand elle aperçoit la limousine et Edward qui nous attend, dans son uniforme impeccable fraîchement amidonné.

— Madame, lui dit-il en ouvrant la portière.

Je constate qu'il a pensé à approvisionner le bar à l'intérieur et je lui adresse un hochement de tête en guise de remerciement. Il ne répond pas – il est bien trop professionnel pour ça –, mais je décèle un éclat amusé dans son regard.

— Hollywood Nord, dit-il en indiquant le texto

que je lui ai envoyé plus tôt. Ça devrait me laisser le temps de terminer mon livre.

— Il n'y a pas de quoi, dis-je en riant.

Cette fois, il me gratifie d'un sourire chaleureux. J'ajoute :

— Sentez-vous libre de prendre votre soirée.

Je sais que Damien est parti au bureau dans sa nouvelle Tesla ce matin.

— Mais on vous retrouve demain à dix heures ?

Il est responsable du trajet pour mon escapade surprise avec Damien.

— Bien sûr, Madame Stark.

Je lui ai souvent demandé de m'appeler Nikki, et il n'en a jamais tenu compte. Au point où j'en suis, je crois qu'il vaut mieux abandonner et déclarer Edward vainqueur.

Je les regarde sortir de l'allée et j'agite la main en direction de la vitre teintée derrière laquelle Abby est assise. Peut-être me répond-elle, à moins qu'elle soit en train de se servir un autre verre. Je me souviens de la première fois que je suis montée dans cette limousine avec chauffeur, et une vague de chaleur sensuelle me traverse.

Le souvenir fait vibrer tout mon corps. Je ferme les yeux en me remémorant la chaleur de la voix de Damien. Taquine. Autoritaire.

Cette nuit-là, j'ai fait des choses que je n'aurais jamais imaginé faire, entièrement soumise à la voix ferme de Damien et à ses ordres sensuels. C'est toujours le cas. La connexion entre nous est si forte qu'il s'agit d'un lien presque physique. C'est précisément pour ça que je suis troublée par le fait qu'il semble distrait et distant ces derniers jours, même s'il ne m'a pas expliqué pourquoi.

Je soupire et appelle ma petite Anne, qui s'est éloignée pour examiner des cailloux. Elle accourt et je lui prends la main, prête à retourner à l'intérieur. Brusquement, je m'arrête en entendant un coup de klaxon suivi d'un vrombissement de moteur. Un instant plus tard, une Thunderbird décapotable, classique et élégante, apparaît et fait crisser ses pneus à l'emplacement que la limousine vient de libérer.

— Ryan te laisse prendre le volant de ce bijou ? demandé-je alors à ma meilleure amie, Jamie, qui retire son foulard dans une parfaite imitation de Grace Kelly.

Cette comparaison lui va comme un gant. Jamie

est peut-être brune et non blonde, mais comme la princesse, elle a un style unique et éblouissant dont les appareils photo raffolent. Si je suis photogénique et jolie, je suis le genre de blonde mignonne et bien fichue que l'on rencontre à tous les coins de rue. Jamie, en revanche, incarne la sophistication, l'élégance et la sensualité.

Jamie lève la tête en répondant à ma question :

— Ce vieux tacot ? Il a un nouveau jouet maintenant. Honnêtement, on ne devrait jamais les laisser faire les boutiques ensemble.

Damien et Ryan possèdent tous les deux le dernier modèle de chez Tesla, qui n'est pas encore disponible pour le grand public. Mais je ne la crois pas quand elle prétend que la chasse est ouverte dans le garage de la famille Hunter. Ryan considère cette Thunderbird comme un bébé, et il sait très bien que Jamie n'est pas la conductrice la plus prudente du monde.

— Tu lui as chipé les clés dès la seconde où il est parti pour Londres ce matin, pas vrai ?

Elle bat des cils en feignant l'innocence.

— Il les a laissées au fond du tiroir de son bureau, derrière la boîte de timbres. C'est presque une invitation en bonne et due forme.

Je me garde bien de répondre. Après tout, je dois montrer le bon exemple à Anne.

Jamie m'emboîte le pas et tend la main à ma fille.

— Salut, ma belle. Est-ce que Tante Jamie t'a manqué ?

Jamie ne fait pas vraiment partie de ma famille, mais c'est tout comme, car elle a toujours été ma meilleure amie.

— Nous allons tellement nous amuser ce week-end, dit-elle à Anne qui sautille, manifestement excitée de voir Jamie.

— De grands projets en perspective ? demandé-je.

— Un vrai week-end entre filles, n'est-ce pas, princesse ?

— Prinfef ! répète Anne.

Jamie me fait un clin d'œil.

— Tu vois ? Nous allons nous éclater.

— N'essaie pas de corrompre mes enfants, d'accord ?

Damien ne le sait pas encore, mais je l'enlève pour un week-end romantique. Et comme c'est pratiquement impossible avec deux fillettes dans les jambes, Jamie s'est portée volontaire pour jouer les baby-sitters. Dire que je lui en suis reconnaissante, ce serait un euphémisme, parce qu'une heure seulement après que j'ai terminé les préparatifs, Bree – notre nounou à demeure – m'a demandé si elle pouvait partir à Las Vegas passer le week-end pour le mariage surprise de sa sœur.

Par chance, le mari de Jamie passe la semaine prochaine en Europe, où il rencontre les chefs de sécurité des nombreuses divisions européennes de Stark International. Jamie ne l'a pas accompagné, parce qu'elle est censée travailler, mais quand son emploi du temps s'est libéré, elle a accepté de garder mes filles dans un élan de solidarité féminine bien légitime – ou de folie absolue.

Je préfère opter pour la solidarité.

Quelles que soient ses raisons, je la remercie chaudement. Et même si Jamie peut être un peu exubérante, je sais aussi qu'elle surveillera mes enfants comme un aigle et qu'elle les protègera de sa vie s'il le faut. L'avantage, c'est que Jamie a accepté de séjourner chez nous, et notre maison est bardée de systèmes de sécurité dernier cri avec des tonnes de *babyphones* – sans parler de la cuisine et du bar bien fournis. Bien sûr, ce dernier détail concerne plus Jamie que les enfants. Et puis, elle connaît bien les lieux. Elle a souvent dormi dans notre maison d'amis, mais aujourd'hui c'est Bree qui y habite. Alors, ce week-end, Jamie occupera la chambre du rez-de-chaussée, qui n'est pas mal non plus.

En ouvrant la porte d'entrée, je suis presque renversée par le « Maman » haut perché que Lara hurle à pleins poumons, du haut de ses quatre ans. Elle se précipite vers moi sur ses petites jambes et s'agrippe aux miennes.

— Tu m'as manqué, Maman ! Je t'aime !

Je me baisse pour la soulever.

— Moi aussi, je t'aime, mon bébé. Tu t'es bien amusée avec Mademoiselle Bree aujourd'hui ?

— On a fait de la peinture, me dit Bree en souriant depuis le pied de l'escalier.

— C'est bien ce que je pensais... réponds-je avec un sourire.

Les cheveux mi-longs et noir charbon de ma fille ont les pointes mouchetées de jaune, et elle a une tache verte au bout du nez.

— C'est de la peinture à l'eau, précise Bree. Ça se lave facilement.

— Sinon, tant pis, ce n'est pas grave. Je trouve que ça donne un style.

Bree éclate de rire. Au même moment, Lara remarque Jamie et délaisse ma jambe pour rejoindre sa tante prodigue. Tandis que Jamie s'occupe des fillettes – après tout, autant qu'elle se lance tout de suite dans son week-end –, je me dirige vers Bree.

— Quand pars-tu ?

— Maintenant, si ça vous va. J'ai déjà mis mes affaires dans la voiture.

— Ça me va. Sois prudente sur la route et félicite ta sœur pour moi.

— D'accord. Je serai de retour dimanche soir et je serai là pour le réveil des filles lundi matin. Avez-vous besoin que je prépare quelque chose pour demain avant de partir ?

Bree m'a aidée à organiser ma surprise, mais je réponds en secouant la tête :

— Tout est sous contrôle.

— Super, dit-elle avant de sourire avec malice.

Amusez-vous bien.

— J'en ai l'intention.

Dès qu'elle est sortie, je reporte mon attention sur les filles.

— Papa va bientôt rentrer. On prépare un petit goûter ?

— Des oursons en chocolat ! s'écrie Lara.

Jamie penche la tête et me lance :

— J'espérais plutôt un genre d'en-cas liquide pour adultes.

— Je m'en charge. Quant à toi, petite coquine, dis-je en soulevant Lara pour la suspendre la tête en bas, il y a de la pomme et du fromage pour les fillettes, et quelque chose d'un peu plus intéressant pour Papa. D'accord ?

Elle essaie de secouer la tête, mais comme elle est à l'envers dans mes bras, elle est tout juste capable de se trémousser.

Nous avons une immense cuisine de type industriel au rez-de-chaussée, mais je n'y vais jamais. Nous préférons gravir l'imposant escalier flottant jusqu'au deuxième étage et rejoindre la petite cuisine à taille humaine, initialement conçue pour nos éventuels cuisiniers.

Nous l'utilisons encore lorsque nous donnons des fêtes, mais pour l'essentiel, la cuisine plus modeste est devenue le cœur de notre foyer. Dès que je pose Lara par terre, elle s'échappe vers la table du petit-déjeuner où sont étalés ses cahiers de coloriage et ses crayons de couleur.

Tandis qu'elle gribouille frénétiquement, Jamie nous sert du vin et je découpe en tranches des fruits et du fromage avant de verser des biscuits salés dans un bol. Quand Damien arrivera, je sortirai les olives et la salade de poulet que j'ai achetée chez le traiteur. Ce n'est pas extraordinaire, mais ça accompagnera à merveille le bourbon qu'il voudra boire.

Je viens de mettre un cube de cheddar du Wisconsin dans ma bouche quand mon téléphone sonne, annonçant un appel de Damien.

— Salut, dis-je, la bouche pleine. Tu es en voiture ?

— En fait, je suis coincé au boulot. Journée chargée.

— Oh.

La déception me traverse, ainsi que la crainte que mes projets de long week-end tombent à l'eau pour cause d'urgence professionnelle. Je prends une inspiration et croise le regard compatissant de Jamie.

— Bon, Jamie est ici. Elle peut surveiller les enfants. Je pourrais venir passer la nuit dans notre appartement de la tour, si tu veux.

Le siège social de Stark International se trouve dans la tour Stark, l'un des gratte-ciel du centre-ville de Los Angeles. Le bureau privé de Damien occupe la moitié du dernier étage, dont l'autre partie est consacrée à son – notre, désormais – appartement privé.

— C'est tentant, mais non. J'ai besoin…

Il laisse sa phrase en suspens et un nœud d'angoisse me comprime l'estomac.

— Quoi ? murmuré-je en espérant qu'enfin, maintenant, il va me dire ce qui le perturbe.

— J'ai besoin de gérer ça.

— Damien, s'il te plaît…

— Je rentre dès que je peux. C'est promis. Je t'aime. Embrasse les filles pour moi. On se voit plus tard dans la soirée.

Hésitante, j'espère qu'il va ajouter ces mots familiers : *en attendant, imagine mes mains qui te touchent.* Seul le silence se fait entendre, et je ravale les larmes qui montent dans ma gorge.

— Je t'aime aussi. Tu veux parler à La...

Mais il a déjà raccroché.

Je prends une profonde inspiration, les yeux rivés sur mon téléphone, avant de lever la tête pour rencontrer le regard de Jamie.

— Je suis désolée, dit-elle. Mais honnêtement, Nicholas, cet homme dirige tout l'univers. Évidemment qu'il a l'esprit occupé.

Elle a raison. Je m'efforce de respirer pour me ressaisir et retrouver ma bonne humeur, avant d'enfiler un maillot de bain et d'emmener les enfants sur la terrasse. Ces derniers temps, Lara est devenue un vrai petit poisson. Je la laisse mettre toute seule ses brassards et sauter dans le petit bassin tandis que Jamie et moi trempons nos pieds dans l'eau après avoir transvasé notre vin dans des gobelets en plastique. Nous parlons de tout et de rien, comme le font les meilleures amies, en regardant mon aînée glousser en faisant des bulles sous l'eau et sauter courageusement du bord de la piscine. Derrière nous, à l'ombre de la tente de jeux, Anne joue avec des Duplo. Elle n'est pas encore prête à affronter la piscine.

Tout compte fait, c'est une journée parfaite, uniquement voilée par les appréhensions tenaces qui refusent de me quitter même si je m'emploie à les chasser.

Plus tard, Jamie nous fait l'honneur de lire une histoire à Lara. Son livre préféré est toujours *Bonne nuit, dormez bien, petits lapins*. Damien et moi le connaissons par cœur. Pendant que Jamie s'occupe de mon aînée, je lis à Anne *Bonne nuit, petit gorille* avant de l'installer dans son lit à barreaux. Je reste un moment près d'elle, heureuse et reconnaissante d'avoir des enfants si faciles à vivre. Je regarde son joli visage tandis qu'elle dérive vers le sommeil. Bien sûr, il y a parfois des larmes et des sautes d'humeur, mais aujourd'hui, je n'ai subi aucun caprice.

Et franchement, alléluia !

Je retrouve Jamie sur la terrasse et j'ouvre l'application de surveillance vidéo des enfants sur mon téléphone. Nous nous installons pour bavarder en grignotant. J'ai l'impression d'être une adolescente à une soirée pyjama, même si cette illusion disparaît quand Jamie bâille à s'en décrocher la mâchoire, puis se lève en annonçant qu'elle est prête à aller se coucher. Jamie ne tombait *jamais* de fatigue quand nous étions plus jeunes. Pour nous, cela aurait représenté un échec cuisant.

Quand je lui en fais la remarque, elle hausse les épaules et me lance un sourire taquin.

— Oui, mais si je suis fatiguée maintenant, c'est parce qu'hier soir, Ryan et moi, on a baisé comme des lapins. Je n'ai pas fermé l'œil de la nuit. Il fallait bien qu'on se dise au revoir.

— Évidemment, dis-je aussitôt. J'aurais dû m'en douter.

— Tu viens ?

Je bois une autre gorgée de vin et secoue la tête.

— Vas-y. Moi, je vais rester encore un moment dehors à regarder les étoiles.

Une fois de plus, je jette un œil sur mon téléphone comme je l'ai fait toute la soirée, mais je n'ai reçu aucun email ni aucun texto de Damien.

— Plus il travaille longtemps, moins il sera stressé par votre escapade demain, me dit Jamie avec sagesse.

Je hoche la tête, consciente qu'elle a raison. Malgré tout, j'aimerais que Damien soit à la maison avec moi.

— Bonne nuit, Nicholas, me lance-t-elle.

— Bonne nuit, James, réponds-je en reprenant son surnom d'enfance.

Elle s'éloigne en direction de la chambre d'amis et je lève les yeux vers le ciel. Je souris en voyant une étoile filante percer le ciel sans lune. Encore une fois, Damien me manque, mais quand je consulte mon téléphone, j'entends comme un froissement dans le haut-parleur. La partie vidéo de l'application *babyphone* ne fonctionne plus – je voulais l'arranger, puis ça m'est sorti de la tête –, mais ça n'a pas vraiment d'importance. Il s'agit soit de notre chat, Sunshine, qui s'installe au pied du lit, soit de Lara qui a rejeté sa couverture.

De toute façon, il est temps que j'aille me coucher. Je me lève et remonte dans notre chambre au deuxième étage. La chambre d'amis adjacente est devenue celle des filles et, il y a environ un mois, nous avons transféré le lit à barreaux d'Anne de la chambre principale à celle qu'elle partage désormais avec sa sœur. À présent, je m'y dirige pour jeter un œil sur les filles et le chat avant de rejoindre mon lit, convaincue que plus tôt je m'endormirai, plus tôt Damien sera à mes côtés.

Sauf qu'il est déjà ici.

Je reste pétrifiée dans l'encadrement de la porte, craignant qu'il m'ait entendue. Plus encore, je crains que mes yeux me jouent des tours. Mais c'est bien Damien. Il est assis sur le fauteuil à bascule, où la lueur de la veilleuse fait briller ses cheveux d'un noir de jais. Il tient Lara dans ses bras, les mains sous sa tête endormie. Bien qu'il soit tourné vers la fenêtre, je le vois distinctement. Et je connais assez bien son visage pour reconnaître cette expression. Du chagrin. De la tristesse. Peut-être même du désespoir.

Les battements de mon cœur s'accélèrent et j'étouffe un hoquet, qui résonne dans la chambre silencieuse.

Je porte mes doigts à mes lèvres, comme pour retenir le son, mais il est trop tard. Damien lève la tête. Même si la douleur s'attarde sur ses traits, ses yeux vairons reflètent un tel amour et une telle tendresse que je dois me retenir au chambranle de la porte pour ne pas perdre l'équilibre.

Lentement, sa bouche dessine un sourire qui me comble, effaçant la tristesse sur son visage magnifique. Il me tend la main et je le rejoins, impatiente de le toucher. J'ai besoin d'être rassurée, de sentir que tout va bien.

Mais alors que je m'approche de mon mari, cet homme que j'aime de tout mon cœur, j'aperçois une ombre dans ses yeux. Je ne peux réprimer le froid glacial qui se pose sur mes épaules lorsque je glisse ma main dans celle de Damien.

CHAPITRE 3

Une fois que Lara est bordée dans son lit, Damien et moi retournons en silence dans notre chambre. Je referme la porte derrière nous et j'attends qu'il me parle. Mais il ne dit rien. Il se contente de s'asseoir sur le fauteuil, à la fenêtre, tout en dénouant sa cravate.

Je le rejoins et m'agenouille à ses pieds, les mains sur ses cuisses.

— Damien, dis-je à mi-voix. S'il te plaît.

Je devine un léger sourire sur son visage.

— Tout ce que tu voudras, bébé. Tu le sais.

Non, je ne le sais pas. Pas vraiment. Parce que je lui ai demandé de me dire ce qui ne va pas, et qu'il garde résolument le silence. Pourtant, c'est ce dont j'ai besoin. C'est la seule chose qui puisse me combler : entrer dans sa tête, le comprendre.

Et par-dessus tout : l'aider.

— Damien, je murmure en le regardant droit dans les yeux – ces yeux capables de mettre mon âme à nu. S'il te plaît. Je t'en prie, dis-moi ce qui ne va pas.

Une éternité s'écoule dans un souffle, avant qu'un petit sourire plein de tristesse effleure ses lèvres.

— Tout va bien, Nikki. Je te le promets.

La colère m'enflamme, aussi brûlante qu'un feu de forêt, ou du moins aussi dévastatrice. J'ai envie de hurler, de lui faire savoir que j'ai bien vu que ça n'allait pas. J'ai envie de lui dire que je sens presque ses secrets dans l'air environnant. J'ai envie de l'implorer de se confier à moi. Ne comprend-il pas à quel point son silence me blesse ?

Pourtant, je ne dis rien de tout cela. Je prends appui sur ses cuisses pour me relever.

— Nikki...

— Je dois aller voir Anne.

Ma voix est sèche. Ce n'est qu'une excuse pour partir, rien de plus. Parce que si je reste, je risque de m'effondrer sur le sol et de le supplier. Je ne veux pas supplier. Je veux qu'il me parle. Qu'il se rappelle sa promesse de ne plus jamais avoir le moindre secret pour moi.

Dans la chambre des filles, je me penche sur Anne. Elle dort paisiblement dans son lit à barreaux, avec son doudou. Je prends Chaton, abandonné à côté du lit de Lara, et je le dépose à côté de ma grande fille. Immédiatement, elle enlace sa peluche élimée.

Je ferme la porte derrière moi et me dirige vers la chambre. Pourtant, au dernier moment, je décide de sortir. Je récupère la seconde bouteille que Jamie et moi avons ouverte et je me sers un autre verre, puis je m'installe sur la chaise longue. Je m'absorbe alors dans la contemplation des étoiles qui parsèment le ciel sans lune.

Je ne l'entends pas, mais quand Damien sort sur la terrasse, je le sais. C'est son parfum. Un changement subtil dans l'atmosphère, comme si Damien Stark était vraiment une force de la nature. La plupart du temps, je perçois sa présence, et lui la mienne. Bien sûr, je sais qu'il est là. Tout comme je savais qu'il viendrait.

Je tourne la tête et inspire pour m'imprégner de cet homme, que les dieux ont dû créer juste pour moi. Il est fort et puissant, et sa démarche est assurée. À grandes enjambées, il fond sur sa cible, moi.

Lorsqu'il atteint ma chaise longue, il s'assied sur le bord, à côté de ma hanche, et il prend ma main dans les siennes. Je porte toujours le maillot de bain que j'ai enfilé pour me prélasser avec Jamie, couvert par un simple pull-over à grosses mailles. Il est remonté quand je me suis assise et maintenant, le pantalon de Damien effleure la peau nue de ma cuisse. J'ai une conscience aiguë de notre connexion.

Damien lève nos mains jointes et dépose un baiser sur mes phalanges.

— Tu veux bien me dire ce qui ne va pas ? demande-t-il.

Mes yeux se plantent dans les siens et, sur son visage, je vois une pointe de regret mêlé d'humour.

— Je crois que c'est ma réplique, dis-je.

Lentement, il glisse la main sous les mailles de mon haut et sa paume frôle la peau nue de mon ventre, à la limite de mon bikini. Ce contact est désinvolte, il se contente de poser sa main, et pourtant des étincelles me traversent, faisant frissonner l'intérieur de mes cuisses et enflammant mon sexe d'un désir brûlant.

Je me mords la lèvre et me concentre sur le visage de mon mari, sans prêter attention à la sensation de sa peau.

— Damien, dis-je d'une voix enrouée par la frustration et l'envie. S'il te plaît, parle-moi.

— C'est le travail.

Il me lâche la main pour passer les doigts dans ses cheveux.

— Une galère sans nom. Je m'efforce de ne pas ramener cette merde à la maison.

J'ai envie de lui dire que les vagues de frustration qui émanent de lui contrecarrent ses bonnes intentions, mais je me ravise. La vérité, c'est que je le comprends vraiment. Ou du moins, je crois le comprendre. Ça fait des mois qu'il travaille au rachat d'une société de technologie médicale. Les négociations ont mal tourné récemment, quand on a appris que le PDG de la boîte était en réalité un enfoiré du genre de ceux dénoncés par le mouvement #metoo. Damien a reçu des critiques dans la presse, car on lui reprochait de remplir les poches de cette ordure.

Je comprends bien sa contrariété, mais dans le grand ordre des choses, chez Stark International, un rachat qui tombe à l'eau, ce n'est qu'un écueil mineur. C'est la raison pour laquelle je pense qu'il s'est passé autre chose dans cette affaire. Quelque chose qu'il ne me dit pas.

J'humecte mes lèvres.

— Je t'aime tellement. Mais Damien, je...

Je prends une inspiration et fais une nouvelle tentative :

— Tu m'as promis qu'il n'y aurait plus de secrets.

Il tend la main, qu'il pose sur ma joue.

— Bébé, je sais.

Je déglutis. Savoir, ce n'est pas la même chose que dire. Et je m'apprête à lui en faire part quand il reprend la parole :

— Nikki, je...

La douleur est palpable dans sa voix et je pose ma main sur la sienne, contre ma joue. Mon cœur bat la chamade dans ma cage thoracique. J'attends qu'il me dise ce qui le tracasse.

Pendant un moment, le silence s'attarde. Puis il me dit simplement :

— J'ai besoin de toi.

Ma poitrine est dans un étau. J'ai envie de hurler pour lui soutirer des aveux. Depuis le temps, il devrait savoir qu'il peut tout me dire. Avec tout ce que nous avons traversé ensemble ! Tout ce que nous avons partagé ! Pourquoi ne comprend-il pas ?

Je ne dis rien de tout cela. Au contraire, c'est moi qui reçois un sermon. Parce que, quoi qu'il arrive, je ne doute pas de l'amour de Damien et il n'y a rien à ajouter. J'ignore ce qui se passe, mais de toute évidence, il n'est pas prêt à me le dire. Même si ça ne me plaît pas, je peux l'accepter. À contrecœur, naturellement, mais j'en suis capable.

À vrai dire, ce n'est pas tant son secret que sa détresse qui me touche. Je vois bien qu'il souffre, et ça me fait du mal qu'il ne soit pas venu me demander mon aide.

Pourtant, il l'a fait.

C'est pour ça qu'il est à côté de moi. C'est pour ça qu'il me dit qu'il a besoin de moi.

Des larmes m'obstruent la gorge tandis que je digère cette réalité essentielle.

— Je suis là, Damien. Quoi qu'il arrive. Tu le sais, n'est-ce pas ?

— Oui, répond-il. Et j'en suis reconnaissant tous les jours. Dieu sait que je ne mérite pas ce que nous avons.

— Si, rétorqué-je. Tu le mérites.

Je le lâche et je me lève.

— Nous le méritons tous les deux… ajouté-je en passant mon pull par-dessus ma tête, le laissant tomber sur la terrasse.

Puis je défais le nœud entre ma nuque et mon dos, et mon haut de bikini atterrit à mes pieds. Je regarde les yeux de Damien, embrasés par cette chaleur si familière.

Sans me laisser décontenancer, je glisse la main dans mon bas de maillot et je me touche sous son regard. Il penche légèrement la tête sur le côté, une avidité dans les yeux.

— Ne me laisse pas faire ça toute seule, dis-je pour le taquiner.

— Alors, retire-le, répond-il.

Je m'exécute avec empressement. Les pouces sous l'élastique, je me trémousse pour m'en libérer. Bientôt, je suis nue sur la terrasse, le corps tendu par un désir lucide.

— Jamie est là ?

— Elle est hors service, lui dis-je. Nous avons descendu beaucoup de vin, et la nuit dernière, Ryan et elle n'ont pas fermé l'œil. Il n'y a que nous deux.

— Bien.

Il se lève, toujours en costume, sa cravate dénouée autour de son cou. Il ne fait aucun geste pour se déshabiller. Au lieu de ça, il me toise lentement d'un regard torride et possessif. Je peux voir la bosse de son sexe en érection sous son pantalon Savile Row sur mesure, et l'attente impatiente de ce qui va suivre fait palpiter mon entrejambe.

— Damien, murmuré-je, pour le simple plaisir de prononcer son nom.

Le sourire qu'il esquisse dissipe les ombres sur son visage. Il me suffit de savoir que c'est moi qui en suis à l'origine pour éprouver une nouvelle bouffée de désir. Je ressens une contraction dans ma poitrine, mes tétons se durcissent. Mon pouls cogne entre mes jambes et mon clitoris se manifeste.

— Oui, Mademoiselle Fairchild ?

J'ai du mal à retrouver l'usage de ma voix.

— Tu dis que tu as besoin de moi. Explique-moi comment.

— De tant de façons, mon amour.

Il fait un pas vers moi et pose les yeux sur la chaise longue tout en retirant la cravate de son cou.

— Mais là, tout de suite, j'ai besoin que tu t'allonges.

Je hausse un sourcil et lui réponds en regardant fixement son érection.

— Tu ne préfèrerais pas que je me mette à genoux ?

— Faut-il que je frappe tes jolies petites fesses ? demande-t-il avec exigence. Sur le dos, bébé. Bras au-dessus de la tête. Jambes écartées.

Ses paroles dansent autour de moi et je me mets à trembler. Je m'empresse d'obéir, enfourchant la chaise longue, mes jambes sur les côtés et les orteils sur les dalles. Je

m'allonge. Le coussin est frais contre mon
dos nu.

— Les bras en l'air, dit-il comme si j'avais oublié.
Et les poignets croisés.

Je fais ce qu'il me demande. Il s'approche de moi,
sa cravate à la main, et se penche pour
m'attacher les poignets dans un geste expert.
Puis il noue l'autre extrémité derrière le dossier,
me ligotant sur la chaise.

Par réflexe, je tire sur mes liens comme pour
tester leur force, mais en vain.

— Damien, chuchoté-je tandis qu'il rejoint le
pied de la chaise en détachant sa ceinture.

Si je crois qu'il va se déshabiller, c'est une erreur.
Au contraire, il utilise sa ceinture pour lier l'une
de mes jambes à l'encadrement de la chaise, puis
il la resserre autour de ma cuisse.

— Pour que je t'attache à la cheville, il aurait
fallu que tu serres un peu plus les jambes,
m'explique-t-il. Et j'aime te voir grande ouverte
devant moi.

Ma bouche se dessèche – c'est bien la seule
partie de mon corps. Je ne peux nier que ça me
plaît. Je suis écartelée, mes jambes à la limite du

grand écart. Il fallait bien que je choisisse cette position pour pouvoir enjamber la chaise. À présent, je suis entièrement exposée. Et je suis incroyablement mouillée.

Comme il n'y a plus rien pour me ligoter, je suppose qu'il va m'ordonner de maintenir mon autre jambe en place, mais au lieu de ça, il se baisse. Quand il se redresse, il tient mon haut de bikini, dont il se sert pour m'attacher à la chaise longue.

Maintenant, je suis exposée, sans défense. D'après le sourire lent qui se dessine sur le visage encore un peu hagard de Damien, je vois bien que c'est comme ça qu'il me veut. C'est comme ça que je le veux, moi aussi. Pourvu que nous chassions ces démons. Tout ce qu'il voudra, quand il le voudra.

Il le sait, naturellement. Il sait que je suis à lui. Entièrement. Complètement. Chaque minute de chaque jour. Et il est à moi, lui aussi.

C'est pour ça que je ne comprends pas pourquoi il ne s'est pas confié. En même temps, c'est aussi ce qui me permet d'affirmer qu'il le fera quand il sera prêt.

Pour être honnête, en cet instant, tout cela m'est

bien égal, car je suis trop concentrée sur la caresse légère de ses doigts sur mon mollet. Il remonte lentement, avec une telle délicatesse qu'on croirait presque le souffle du vent.

De plus en plus haut, ses doigts dansent sur ma cuisse, contournant et effleurant les vilaines et profondes cicatrices dont j'avais honte autrefois, mais auxquelles je pense rarement désormais. Pas avec Damien. Avec lui, je me laisse aller au désir. Il est si proche que je gémis. Il cherche à me rendre folle, et il y réussit parfaitement.

— Damien.

Il y a une supplication dans ma voix, et il me répond avec un rire grave et satisfait.

— Un problème, Mademoiselle Fairchild ?

— S'il te plaît, je t'en supplie. Touche-moi.

— Je te touche, rétorque-t-il en faisant glisser ses doigts le long du V de mon os pubien.

Tout doucement, il caresse mon bas-ventre et mon bassin sans jamais s'aventurer plus bas, malgré les ondulations éperdues et silencieuses de mes hanches.

— Ça me plaît que tu en aies envie, dit-il. Que tu sois prête. Dis-moi, bébé. Qu'est-ce que tu veux ?

— Toi, dis-je. Toujours toi.

— Dis-moi, ordonne-t-il en frôlant ma cicatrice de césarienne.

— Tes doigts en moi, dis-je en les sentant remonter et décrire des motifs juste sous ma poitrine. Ta queue, je murmure. Toi tout entier.

— Patience, ma chérie.

Mais je ne suis pas patiente. Je suis brûlante et en proie à une envie irrépressible. Ma peau frémit de désir, mon sexe se contracte dans une supplication silencieuse, mes tétons sont tendus et mes seins lourds.

— Tu es tellement belle.

J'entends l'admiration dans sa voix et je me sens toute petite. Ses doigts me pincent les seins et je me cambre, le corps parcouru de décharges enflammées qui relient ma poitrine à mon sexe. Oh, mon Dieu, je ne suis plus que *désir*.

Damien.

J'ai l'impression d'avoir dit son nom à haute voix, mais ce n'est pas le cas. On dirait pourtant qu'il m'a entendue. Je me débats en tirant sur mes liens – je cherche cette friction contre ma peau, j'ai besoin d'évacuer la pression qui s'est accumulée en moi. Il se penche et suspend ses lèvres juste au-dessus des miennes. Son souffle mêlé au mien, il chuchote :

— Tu veux que je t'embrasse ?

— Oui. Oh, oui.

Je décèle un début de sourire derrière la chaleur de son regard.

— Alors, je vais le faire.

Je ferme les yeux, impatiente de sentir ses lèvres sur les miennes. Mais ce n'est pas ce que j'obtiens. À la place, il descend entre mes jambes, déposant un chemin de baisers le long de ma cuisse avant de glisser le bout de sa langue sur la peau souple de mon aine. Je gémis, perdue dans les sensations de sa bouche, de sa langue, de son souffle.

Ses mains s'aventurent sur mon corps au moment où il embrasse mon sexe. Caressant d'abord la courbe de ma taille, puis mes côtes, ses grandes mains s'étendent sur ma peau. Il les referme sur mes seins et ses doigts trouvent mes tétons en même temps que ses lèvres trouvent mon clitoris. Alors qu'il me pince et me suce, des étincelles jaillissent à travers mon corps, traçant une ligne directe entre ma poitrine et mon entrejambe.

Je me trémousse sur la chaise. J'ai à la fois envie d'en recevoir plus et d'échapper à son emprise. Parce que c'est trop. L'intensité, le plaisir ourlé de douleur. Au moment où je suis persuadée de ne pas tenir une seconde de plus, il donne un nouveau coup de langue à mon clitoris et le monde explose tout autour de moi.

Je pousse un cri, je convulse et je me débats dans mes liens. J'essaie de serrer les cuisses, de repousser la main que Damien a posée sur mon sexe, mais c'est impossible. *C'est impossible.*

La seule chose que je peux faire, c'est de me laisser porter par la vague. Je frémis, projetée dans les étoiles.

Une fois que le monde retrouve enfin son équilibre, je m'effondre, la peau couverte d'une fine pellicule de sueur, frissonnante dans l'air frais de la nuit.

— Oh, mon Dieu ! dis-je. Damien. C'était... waouh.

— Content d'avoir pu te faire plaisir.

Il est sincère, mais son intonation est presque taquine.

— Moi aussi. Très contente.

Je le crois. Il a l'air tellement satisfait, comment pourrais-je penser le contraire ?

— À ton tour, dis-je en mordillant ma lèvre inférieure. Détache-moi. Ou mieux, déshabille-toi et prends ma bouche.

Il hausse les sourcils.

— Eh bien, Mademoiselle Fairchild. Quelle audace.

— Je veux ta queue dans ma bouche. Je veux te faire presque jouir, mais pas tout à fait. Ensuite, tu descendras sur mon corps et tu me baiseras si fort que nous verrons tous les deux des étoiles.

Il s'assied au bord de la chaise et entreprend de me libérer les poignets.

— C'est tentant, dit-il. Mais ce soir, c'était pour toi.

Il pose une main sur mon sein et me pince le téton, à la limite de la douleur, m'arrachant un gémissement de plaisir.

— En tout cas, une chose est sûre, ce n'est que partie remise.

Il finit de me délivrer, puis il rejoint le coffre où sont rangées les serviettes et en sort une couverture de plage surdimensionnée. Il se blottit dans mon dos, sur la chaise longue, mon corps nu contre ses vêtements, et il ramène la couverture sur nous.

— Maintenant, dors, dit-il en se penchant pour consulter le *babyphone* sur la table à côté de moi avant de poser légèrement la main sur mon sexe. Dors. Laisse-moi te faire un câlin.

Au chaud et alanguie dans les bras de Damien, je cesse de protester et laisse sa voix et la chaleur de son corps me bercer et m'envelopper. Si nous nous étions perdus en cours de route, je sais qu'à présent, nous nous sommes retrouvés. Il n'y a aucune barrière entre nous, aucun fossé.

Je m'endors avec la certitude que tout va bien. Que, secrets ou non, tout est beau dans notre petit monde.

Or quand je me réveille au soleil, je suis seule sur la chaise longue. Damien n'est plus à côté de moi. Et une fois de plus, je crains qu'il m'ait été enlevé par l'ombre tapie au fond de son regard.

CHAPITRE 4

Je consulte mon téléphone et constate avec stupeur qu'il est déjà sept heures passées. Et ce n'est pas tout, le volume est fort et l'application de contrôle est ouverte. Pourtant, ce ne sont pas les filles qui m'ont réveillée.

Damien.

Voilà qui explique pourquoi il n'est pas dans mes bras. Il a dû se lever pour nourrir les enfants.

En soupirant, je me redresse et je laisse glisser la couverture. J'apprécie la fraîcheur du matin sur ma peau nue. C'est l'une des choses que je préfère dans cette maison. Je peux rester allongée là, entièrement nue, sans me soucier que l'on me voie. Enfin, à l'exception de Damien et de Jamie, mais ils ne me posent pas de problème. Et même si les filles sont encore petites et couchées dans leurs chambres, elles ne me dérangent pas.

Quant à Bree...

Eh bien, j'ai beau l'adorer en tant que nounou, c'est agréable qu'elle se soit absentée.

J'apprécie beaucoup un réveil comme celui-ci, mais ce n'est pas la caresse de l'air matinal que je veux, c'est Damien. Même après la soirée de la veille – ou peut-être *surtout* après hier soir – j'ai envie de plus. De toute façon, avec Damien, j'ai toujours envie de plus.

Mon haut de bikini est encore entortillé au pied de la chaise et j'ai bien l'impression que mon bas a disparu. Étant donné que le pull à grosses mailles est quasiment transparent – il tient chaud, mais ne cache rien –, je l'abandonne sur la chaise longue et j'enroule la couverture autour de moi. Je n'ai pas entendu Lara ni Anne, mais comme Lara est dans un lit de grande fille maintenant et qu'il lui arrive de se promener, je ne voudrais pas qu'elle tombe nez à nez avec une maman toute nue à la recherche de son papa.

Ce n'est pas difficile de retrouver l'homme en

question. J'entends l'eau couler dès que j'arrive dans notre chambre, et je laisse tomber la couverture par terre avant de traverser la salle de bain embuée en direction de la douche. J'ouvre la porte de la cabine et j'entre. Un soupir de plaisir m'échappe quand l'eau brûlante touche ma peau sensible. Damien se tourne vers moi et je pousse un gémissement grave, fascinée par la beauté de cet homme. Son corps parfaitement sculpté, luisant de savon et de vapeur. La surface lisse de son torse. Les muscles compacts de ses jambes. Et cette queue splendide, si dure et si prête que j'en ai l'eau à la bouche.

— On dirait que tu es content de me voir, dis-je.

— Je serai encore plus content si tu prends ce savon pour en faire bon usage.

— Je peux faire mieux que ça.

Aussitôt, je m'agenouille et je mets à exécution mon envie de la veille. Je me penche et fais passer ma langue sur son gland, tandis que des ondes de plaisir se propagent à travers moi. Il m'a suffi d'entendre son grondement sensuel et guttural.

Je pose une main sur sa hanche pour garder l'équilibre et, de l'autre, je le caresse. Si je suis douce pour commencer, je ne tarde pas à l'astiquer par de longs mouvements aguicheurs. Mes lèvres se posent à peine sur le bout de son sexe lorsque Damien enfouit ses doigts dans mes cheveux. De l'autre main, il se retient aux carreaux de la douche.

Il cherche à attirer ma tête, mais je résiste. Cette fois, il va devoir attendre. Pour l'instant, j'ai envie de le rendre fou, de lui rendre ce qu'il m'a fait hier soir. Et je ne compte pas le prendre dans ma bouche avant qu'il bascule au bord de la folie.

Ce n'est pas long. Le corps de Damien n'a aucun mystère pour moi, ni le mien pour lui. Je sais exactement à quel rythme et avec quelle vigueur le caresser pour l'emmener jusqu'au bout. Une fois qu'il est proche, quand il n'y tient plus et moi non plus, je prends sa queue dans ma bouche. Il a un goût de savon, de sel et de musc. Sa sensation et son odeur provoquent de nouveaux tremblements à travers mon corps et mon sexe palpite de désir. Je serre les cuisses, et malgré l'eau de la douche qui ruissèle, je sens à quel point je suis mouillée. Je détache ma main de sa hanche et je glisse les doigts entre mes jambes. Aussitôt, Damien resserre sa poigne dans mes cheveux. Ma tête va et vient, le suce et le lèche, le stimulant sur toute sa longueur.

— Nikki.

Mon prénom est à peine plus qu'un gémissement, mais je sais ce qu'il veut et je le lui donne avec plaisir. Ma capitulation. Ma soumission. Je cesse de bouger et j'attends que Damien reprenne les rênes.

Il n'hésite pas. Me soutenant fermement à une main, il se met à me baiser la bouche, enchaînant les coups de reins. Je cède devant lui. C'est ce qu'il désire, il veut prendre possession de moi, m'utiliser en sachant pertinemment que c'est aussi ce que j'attends. Ardemment. Éperdument.

L'eau coule sur nous. Son sexe s'enfonce au fond de ma gorge. Je sens la tension dans ses muscles et j'entends ses gémissements graves, décuplés par la passion. Il touche au but et trouve un écho en moi. Je me sens forte. Féminine.

Quand il explose dans ma bouche avec un grondement rocailleux, un autre sentiment me vient. Un sentiment de puissance.

Il écarte les bras et se penche au-dessus de moi, les mains sur le mur pour garder l'équilibre. Enfin, il recule les hanches et sa queue encore en érection se dégage de ma bouche.

Sans un mot, il se baisse pour me redresser avant de m'embrasser. Son baiser est long et intense. Il commence lentement et prend de l'ampleur. On dirait presque qu'il me fait l'amour, et j'ai l'impression d'être encore à genoux devant lui tant l'invasion est forte.

Lorsqu'il s'écarte enfin, je suis à bout de souffle. Il sourit.

— Au fait, bonjour.

J'éclate de rire.

— La journée commence bien. Et hier soir, ce n'était pas trop mal non plus.

Il coupe l'eau de la douche.

— Non, on peut le dire.

Il tend la main vers la porte de la cabine, mais je la lui prends pour entrelacer nos doigts.

— Damien, dis-je. Je suis désolée pour avant.

— Avant ?

— Je sais que je t'ai mis la pression pour que tu me parles de ce qui te tracasse, et j'en suis désolée. On avait dit pas de secrets, mais ce n'est peut-être pas juste. Ce n'est pas parce que nous sommes mariés que nous devons toujours être dans la tête l'un de l'autre.

— Nikki…

— Non. C'est tout ce que je voulais dire. Et je voulais aussi te demander de ne pas t'habiller pour partir au travail aujourd'hui.

Il arque un sourcil.

— Pourtant, je ne pense pas que le naturel soit une nouvelle tendance dans le milieu des affaires.

Je recule et le dévore du regard sans aucune retenue. Ancien joueur de tennis professionnel, Damien ne s'est jamais laissé aller. Il est grand, tonique et, de toute évidence, les dieux étaient de bonne humeur quand ils ont sculpté son corps de rêve. Il m'appartient et je ne suis pas du genre à partager.

— Non, dis-je enfin. Tu as raison. Évitons ce style trop audacieux.

Il rit et j'ajoute :

— Ce que je voulais dire, c'est que j'ai des projets pour toi aujourd'hui. Un jean ira très bien. Ou un treillis, si tu préfères.

— Des projets ?

Sa voix exprime un intérêt manifeste et une pointe d'amusement.

— Oui.

Je souris, excessivement contente de moi.

— Rachel a libéré ton agenda et Jamie est ici pour s'occuper des enfants. Edward arrivera dans quelques heures, alors nous pouvons prendre le petit-déjeuner avec les filles avant de sortir. J'ai déjà préparé nos sacs.

— Tiens, tiens, Mademoiselle Fairchild. Essaierais-tu de prendre les choses en main ?

— Tu t'es occupé de moi pendant des années. Maintenant, c'est mon tour.

Je retourne dans ses bras et lève la tête pour le regarder dans les yeux.

— Tu es trop stressé ces derniers temps. Je voudrais m'assurer que tu sois détendu pendant les trois prochains jours, très détendu.

— Vraiment ?

Il dépose un doux baiser sur mes lèvres et referme les bras autour de ma taille.

— Je crois que je pourrais m'y habituer.

— Tant mieux, dis-je en me blottissant contre lui. Parce que j'aime prendre soin de mon mari.

— Alors, où allons-nous ?

— Si tu es gentil avec moi, je pourrais bien te le dire en chemin.

Je m'éloigne et laisse courir mes doigts sur son sexe avant de pousser la porte de la douche. Son gémissement grave, de frustration et de désir pur, me fait sourire.

— Je trouve que j'ai été plutôt gentil hier soir.

— Tout à fait, Monsieur Stark. Mais pour info, je suis très gourmande.

CHAPITRE 5

— Pa-cake aux pépi-choco, Papa ! Fais-moi des pa-cake aux pépi-choco !

À côté de moi, à la table de la cuisine, Jamie est hilare. Nous regardons Lara tirer sur le treillis de Damien. Elle est parfaitement capable de prononcer *pancake* maintenant, mais depuis qu'elle est en âge de parler, elle a toujours dit cela, et Damien et moi n'avons jamais eu le cœur de rectifier cette tournure adorable.

— Je prendrai un pa-cake aux pépi-choco, moi aussi, dit Jamie en souriant. Ça a l'air délicieux, Lara.

De l'autre côté de la cuisine, Lara nous adresse un immense sourire. Son visage est déjà barbouillé par les pépites de chocolat qu'elle a réclamées à son papa-gâteau.

— Tante Jamie ! s'écrie Lara en s'élançant à travers la cuisine pour se jeter sur les genoux de Jamie.

— Je passe déjà au second plan, ronchonne Damien.

— Eh bien, nous savons qui est vraiment important ici, il faut croire, dit Jamie en tenant la taille de Lara, tandis que mon petit singe fait une acrobatie sur les jambes de sa tante, agitant les doigts en direction du sol.

— Au moins tu as une bonne place, dis-je à Damien. Apparemment, je ne suis même pas sur la liste.

— Les mamans ont toujours la première place, me dit-il avant de s'approcher, sa spatule à la main.

Il m'embrasse avec un mélange de tendresse et de ferveur.

— Tu es cruel, tu sais, dit Jamie à Damien. D'abord, tu envoies mon mari de l'autre côté du globe. Et ensuite, tu me forces à être témoin de vos effusions publiques.

Ryan est responsable de la sécurité chez Stark International. C'est aussi le meilleur ami de Damien.

— Je suis sûre que tu ne manques pas d'affection, dis-je à Jamie dès que les lèvres de Damien ont quitté les miennes. Quant à nos effusions, c'est le prix à payer pour notre amitié ! ajouté-je d'une voix espiègle et guillerette.

— C'est le prix fort, grommèle Jamie avant de se pencher pour souffler bruyamment sur le ventre à l'air de ma fille.

— Le premier est prêt, dit Damien. Lara, tu veux bien l'apporter à ta sœur ?

Lara tape dans ses mains et, de l'autre côté de la cuisine, Anne l'imite.

— Pépi-choco ! dit-elle en frappant sur une poêle à frire avec une cuillère en bois.

C'est agaçant, mais elle adore ça. Après tout, on a peut-être une *rock star* en herbe dans la famille.

— Pépi-choco ! répète Anne, avec plus de force cette fois.

— *Aaanne.* Sois sage !

Lara a pris une intonation sévère, et soudain Jamie s'esclaffe avant de tendre le doigt vers moi.

— Bonne imitation, dit-elle.

Je lève les yeux au ciel.

Devant le plan de travail, Lara prend avec précaution l'assiette que lui remet Damien, puis elle rejoint sur la pointe des pieds et avec une extrême prudence l'espace de jeux que nous avons installé dans le coin opposé de la cuisine. Il est délimité par des cubes en plastique encastrés et rempli de toutes sortes de jouets imaginables. La plupart du temps, Anne mange avec nous sur son siège rehausseur, mais ce matin, la table est surchargée.

Tandis que Lara s'occupe de sa petite sœur, Damien commence à apporter les autres assiettes de pancakes à table. Il en a fait de quatre sortes : aux pépites de chocolat, aux myrtilles, à la banane et nature. C'est bien plus que nécessaire, mais Damien ne fait jamais rien à moitié.

— Je vais surveiller Anne, dit-il à Lara. Toi, viens manger tes pancakes.

La fillette glapit en accourant. Je lui prépare son assiette et ajoute du nappage, puis elle passe à l'attaque. En un rien de temps, elle est toute sale et poisseuse.

— Ça, c'est ton problème, dis-je à Jamie en regardant l'heure. Je dois aller me préparer.

Damien se renfrogne.

— Je croyais que tout était prêt. J'ai même reçu l'ordre strict de ne rien préparer puisque tu t'es occupée de tout.

— C'est vrai. J'ai juste une petite question de garde-robe à régler. Il me reste à peine le temps de le faire avant l'arrivée de la limousine d'Edward.

— Et tu ne me dis toujours pas où nous allons.

— Non.

Je me rapproche et me plaque contre lui, le bras autour de son cou.

— Mais n'hésite pas à essayer de me persuader du contraire, murmuré-je. N'hésite pas à essayer très, très fort.

Il rit tout bas.

— Je vais y réfléchir, me promet-il avant de conclure le marché par un long baiser langoureux qui me laisse pantelante... et plus convaincue que jamais que mon changement de tenue sera le bienvenu.

— Y a des hôtels pour ça ! lance Jamie, depuis la table de la cuisine.

Aussitôt, Damien et moi nous écartons l'un de l'autre en riant.

— Les sacs sont en haut de l'escalier. Tu veux bien les descendre pendant que je termine ?

— À ton service, répond-il.

Sa voix si chaude me liquéfie.

Je me dirige vers la chambre et la dernière chose que j'entends avant de disparaître à l'intérieur, c'est Damien qui réclame un dernier bisou à ses filles.

Je pousse un soupir de bonheur en me disant que j'ai beaucoup de chance. Certes, l'objectif de cette escapade, c'est d'éradiquer les démons qui taraudent Damien ces derniers temps, et pourtant ce léger désagrément est infime si je le compare à la vie incroyable que je mène avec lui, nos enfants et nos amis. Je suis privilégiée au-delà du raisonnable, et j'en suis consciente. Quand je regarde en arrière, vers l'enfer qu'était ma vie avant Los Angeles, je suis d'autant plus reconnaissante envers Damien et sa façon de remplir et de colorer ma vie.

Ce week-end, me dis-je en me déshabillant avant d'entrer dans mon dressing, j'ai bien l'intention de lui prouver ma gratitude.

CHAPITRE 6

Damien sort de la limousine, les yeux rivés sur le minuscule avion dans le hangar de l'aérodrome de Santa Monica, son Lear 45 privé et personnalisé.

— J'en déduis que nous n'allons pas en Europe, dit-il. Au Canada ? Au Mexique ?

— Tu ne me soutireras rien, réponds-je d'un ton taquin tout en saluant d'un geste de la main le pilote préféré de Damien, Grayson.

L'homme d'un âge moyen nous sourit et frotte sa barbe grisonnante en nous rejoignant à grandes enjambées.

— Il est prêt à partir, Madame Stark. Nous

pouvons décoller dès que vous serez à bord tous les deux.

Il hésite pendant un instant, puis il désigne Damien d'un hochement de tête, manifestement amusé. Il semble trouver très drôle le fait que je sois l'organisatrice de cette excursion.

— Vous n'avez que ces bagages ? ajoute-t-il en jetant un œil aux deux valises qu'Edward vient de sortir du coffre de la limousine.

— C'est ça, dis-je joyeusement. Un week-end sans travail.

— C'est une très bonne chose.

Il fait un signe à un adolescent dégingandé, qui s'empresse de prendre une valise dans chaque main, les soulevant sans effort.

— Mon petit-fils, Gary, explique-t-il. Il travaille ici pour l'été, histoire d'économiser avant l'université.

— C'est formidable, dis-je tandis que nous suivons Gary en direction de l'avion et gravissons les marches intégrées menant à la cabine de l'équipage.

Tel que conçu en usine, l'intérieur du jet est celui

d'un avion de ligne luxueux, avec des sièges baquets en cuir répartis de part et d'autre d'une allée centrale. Contrairement à un avion de ligne, dans celui-ci, l'équipage ne devait pas être à l'écart, mais simplement assis derrière une cloison.

Comme Damien aime son intimité, il a procédé à quelques modifications. Le cockpit s'ouvre sur la zone des stewards, mais pas celle des passagers. À présent, les deux sections sont séparées par un panneau en bois vernis et une porte de style accordéon.

La cabine des passagers a conservé ses sièges en cuir initiaux, mais il y a fait ajouter deux énormes fauteuils en cuir, une table suffisamment grande pour y manger ou y travailler à deux, avec deux chaises et un sofa moelleux.

Il n'y a pas de chambre, comme dans les avions plus importants qu'il possède, mais ça fera l'affaire. D'autant plus que la règle d'or que Damien impose au personnel de bord, c'est de ne pas entrer dans la cabine des passagers si le panneau *Ne pas déranger* est allumé, sauf en cas d'urgence majeure.

C'est une règle qui me convient parfaitement.

Surtout aujourd'hui. Après tout, j'ai des projets pour Damien.

J'ai demandé à l'équipage de ne pas annoncer la durée du vol ni sa destination. Une fois que nous serons dans les airs, je serai la seule à savoir combien de temps il reste avant l'atterrissage. Honnêtement, c'est plutôt agréable. Il est rare que Damien Stark ne connaisse pas tous les détails de ce qu'il est en train de faire.

Il éclate de rire quand je lui en fais la remarque.

— Je crois que je suis capable de faire confiance à ma femme quant à la destination qu'elle a choisie.

— Oh, ce n'est pas uniquement la destination. C'est aussi le trajet.

Nous avons bouclé nos ceintures, côte à côte sur le sofa, mais une fois que nous atteignons notre altitude de croisière, je me lève et rejoins le mini-bar pour lui servir une double dose de bourbon Booker's avec glaçons. Je reviens à pas lents et je m'assieds juste en face de lui, les jambes écartées. J'ai déjà quitté mes ballerines et je porte une robe en laine ample et douce. Les manches sont courtes et elle m'arrive à mi-cuisses. Il suffirait à Damien de se pencher et de soulever légèrement l'ourlet pour avoir une vue très intime de ce qu'il y a en dessous. Ce qui, pour tout dire, se résume à bien peu.

Si peu, en réalité, que cette simple position me rend moite et toute disposée – les jambes écartées, l'air qui caresse mon sexe, et mon esprit qui imagine déjà ce qui va suivre. Damien s'en est probablement rendu compte, car je ne porte pas de soutien-gorge et, à présent, il est difficile de ne pas remarquer mes tétons qui pointent sous ma tenue moulante.

Il me regarde dans les yeux.

— Tu as une idée en tête, Madame Stark ?

— Ce petit voyage t'est entièrement consacré. Et j'ai quelque chose pour toi.

— Tu m'intrigues.

— J'aime que tu sois intrigué, dis-je avant de saisir l'ourlet de ma robe pour la passer par-dessus ma tête et la jeter dans un mouvement fluide.

J'essaie de regarder le visage de Damien, et je vois ses yeux s'arrondir d'étonnement et de plaisir devant ce que je viens de révéler. À savoir, moi. Enveloppée dans un joli ruban rouge. Un cadeau grandeur nature avec lequel il peut jouer.

— Bon sang, Nikki. Je ne sais pas si je dois t'encadrer ou te baiser.

— La deuxième option. Il y a quelque chose de très érotique à porter ce bout de tissu.

— Et il y a quelque chose de très érotique à te voir porter ça.

J'ai utilisé un ruban de Noël et un adhésif double face pour le placer pile sur mon pubis, dissimulant mon sexe à sa vue. Quant à mes seins, eh bien, il m'a fallu un peu de doigté – et l'aide de Jamie – pour parvenir à fabriquer un soutien-gorge sans bonnets en faisant passer le ruban rouge par-dessus ma poitrine et en dessous, formant des croisillons attachés dans mon dos.

Le vrai plus ? Je porte des bijoux de tétons. Des pinces qui ressemblent à des anneaux de piercings, mais qui ne tiennent que par la pression. Au début, c'était désagréable, mais je commence à trouver cette sensation plutôt fabuleuse.

Au bout des deux anneaux, de petites étoiles se

balancent. Avec les étoiles et les rubans, on dirait que ma place est sous un sapin.

— Ta place est sur mes genoux, me dit Damien quand j'évoque l'arbre de Noël.

Je suis parfaitement d'accord avec lui.

— Je crois, Monsieur Stark, que si tu as envie de t'envoyer en l'air comme jamais pendant ce vol, il faudrait quitter ton pantalon.

Il amorce un geste qu'il suspend aussitôt. Reposant ses bras sur les accoudoirs, il déclare :

— Je pense que tu devrais le faire.

Quand je commence à me baisser pour libérer son sexe, il ajoute :

— Avec la bouche. Et rien que la bouche.

Ses mots envoient des frissons de désir dans tout mon corps. Je suis plus enthousiaste que je devrais l'être à la perspective de tirer sa braguette avec les dents. N'y tenant plus, je m'agenouille devant lui.

Avant que je puisse rapprocher ma bouche de son entrejambe, il tend la main et tire légèrement sur l'une de mes pinces à tétons. Je rejette la tête en arrière en sentant la réaction immédiate de mon clitoris, et je suis prise de tremblements. On dirait un aperçu prometteur et presque orgasmique.

— Si tu recommences, je n'aurai pas la patience d'utiliser ma bouche, dis-je.

Cette fois, il reste sage. Je me penche et, au prix d'un certain effort, je réussis à défaire le bouton et à baisser la fermeture. Il semble me prendre en pitié, car il m'aide à libérer son sexe de son boxer et de son pantalon – même si je me demande quelle part de pitié et quelle part d'excitation fiévreuse ont motivé son geste. La danse de ma bouche à travers ses vêtements a déjà tendu sa queue. Elle est si dure que je n'ai pas envie d'attendre plus longtemps.

Mais une fois de plus, Damien prend les devants et m'ordonne de monter sur le sofa avec lui.

— Assieds-toi sur moi, dit-il. Je veux que cette jolie vulve frôle mon gland. Rends-moi fou, Nikki. Je veux que tu me fasses gémir.

— Avec plaisir, Monsieur.

Je m'exécute, contractant les cuisses pour rester au-dessus de lui, à la distance idéale. Heureusement, je me démène en salle de sport depuis la naissance d'Anne et mes muscles ne protestent pas.

Par contre, le reste de mon corps commence à se plaindre. Non pas de douleur, mais de frustration. Certes, je joue à l'allumer, mais ce faisant, je m'enflamme moi aussi. Par des caresses légères sur mon clitoris. La douce promesse d'une pénétration sans cesse repoussée.

Un feu se propage entre mes jambes. Je veux le sentir en moi. Profond, rapide et vigoureux.

Damien me tient par la taille, mais il commence à faire glisser ses mains sur mes fesses et je me mords la lèvre en comprenant ce qui s'annonce. Quand il gémit et dit : « Oh, bébé », je lui demande de regarder sous le plaid du siège d'à côté.

Il découvre alors la commande à distance du plug anal que j'ai inséré pour parachever ma tenue du jour. Avant notre mariage, Damien m'avait fait la surprise de me l'offrir. J'avais adoré me sentir à sa merci.

À présent, je retrouve la même soumission. Il tient la commande, mais il ne l'active pas. Je suis tendue et excitée, presque aux abois.

Mais ça ne me dérange pas. Je sais que je peux satisfaire l'une de mes envies sur-le-champ. Tout en me frottant contre lui, je m'empare de sa queue et la positionne entre mes jambes.

— Nikki...

— Damien, je veux que tu me baises. Je veux te sentir en moi.

Et sans plus attendre, je m'y empale. Je suis tellement humide et prête qu'il me remplit complètement. Lorsque j'ai trouvé ma position et que je commence à bouger contre lui, il allume le vibro. Aussitôt, je me cambre en poussant un cri, incapable de contenir la bouffée de plaisir sauvage qui me traverse au galop avant se libérer.

— C'est ça, bébé. Tu es tellement belle. Chevauche-moi, bébé, ordonne-t-il.

C'est ce que je fais, les mains sur ses épaules en accélérant le rythme.

J'y suis presque et je sais que lui aussi. Nos corps s'emboîtent à la perfection. Nos souffles, nos gémissements. Un tremblement presque imperceptible fait frémir son corps, semblable aux décharges électriques qui remontent le long de mes cuisses en direction de mon entrejambe.

— Damien… gémis-je.

Je suis proche. Toute proche. Soudain, je m'écrie : « Oh, mon Dieu ! » L'avion a rencontré un trou d'air et me fait rebondir sur sa queue. Un orgasme violent déferle comme un raz-de-marée et Damien explose à son tour, dans une extase au moins aussi puissante que la mienne.

Il serre contre lui mon corps saisi de frissons et de tremblements, l'électricité du plaisir s'attardant encore à la surface de ma peau.

— C'est le plus beau cadeau du monde, me dit-il en m'enlaçant.

Je me blottis sur ses genoux. Baissant les yeux, je lui réponds avec un sourire désabusé :

— Je crois que tu vas devoir changer de pantalon.

Au même moment, la voix de Katie, l'hôtesse, se fait entendre dans l'interphone. Elle nous présente ses excuses pour le trou d'air inattendu.

Je croise les yeux de Damien et nous éclatons de rire, agrippés l'un à l'autre dans un état de béatitude post-coïtal.

J'ignore ce qui tracassait Damien. Mais en cet

instant, au moins, je sais qu'il a réussi à le laisser derrière lui.

Je me love dans ses bras, nue et comblée, en espérant que ses démons ne viendront pas ternir notre week-end.

CHAPITRE 7

Comme je l'avais demandé, une voiture nous attend lorsque nous atterrissons à l'aéroport d'Oakland. Je me promets de féliciter Rachel pour son organisation impeccable.

Alors que le chauffeur place nos valises dans le coffre, nous prenons congé de Grayson. Étant donné qu'il ne s'agit que de trois jours et que les autres pilotes peuvent assurer le transport des cadres de Stark International pendant ce temps, j'ai offert à Grayson de prendre son week-end et de profiter de San Francisco. Je lui ai même proposé une chambre dans l'hôtel où Damien et moi séjournons. Il a refusé en m'expliquant que sa fille aînée habite dans la Silicon Valley. Une fois qu'il aura garé l'avion dans un hangar, il s'en ira de son côté.

— Et où m'emmènes-tu maintenant ? demande Damien une fois que nous sommes installés sur la banquette confortable de la Lincoln.

— Nous allons déposer nos bagages à l'hôtel, puis nous suivrons le programme que j'ai prévu.

— Un programme, répète-t-il d'un air amusé.

— C'est important, rétorqué-je en feignant l'indignation. Tu connais peut-être San Francisco, mais ce n'est que ma deuxième visite. Et la première fois, je n'ai vu que l'intérieur de la salle de bal d'un hôtel où avait lieu le concours de Miss Junior Youplaboum.

— Je ne connais pas ce concours, dit-il en souriant. Mais je suis sûr que tu as assuré.

Je fronce les sourcils. C'est vrai. Et cette victoire, alors que je n'étais pas encore adolescente, a convaincu ma mère de mettre les bouchées doubles, prête à tout pour assouvir son obsession de me voir gagner un énième diadème.

— Pour changer de sujet... dis-je, refusant de laisser ma mère s'immiscer dans notre week-end. Je voulais trouver un endroit sympa et original, mais pour être honnête, le seul qui réunissait tout ce que je cherchais, c'était l'hôtel Stark Century-Nob Hill.

— Naturellement, dit-il en frottant ses ongles sur sa chemise Henley assortie au nouveau treillis qu'il a enfilé.

Je lève les yeux avec exagération.

— Oui, tu es formidable. Tes hôtels sont formidables. Tes employés sont formidables.

— Et ma femme est formidable, conclut-il en prenant ma main pour poser ma paume contre son torse. C'est pour ça qu'elle est toujours dans mon cœur.

— Arrête, tu vas me faire fondre, murmuré-je. Et nous ne sommes pas dans la limousine.

La berline est luxueuse, mais dans ce modèle, il n'y a aucune cloison de séparation.

— Aucune inquiétude, dit-il, la mine sérieuse tandis que sa main descend sur l'ourlet de ma robe et commence à caresser doucement la peau de ma cuisse. Tous les employés de chez Stark signent une clause de confidentialité.

— N'y pense même pas.

Pourtant, mon corps semble en avoir décidé autrement. Je sens une humidité chaude entre mes jambes. Si le chauffeur regardait dans le rétroviseur, il ne pourrait pas manquer de remarquer mes tétons en pointe.

— Damien, arrête.

Avec délicatesse, je repousse sa main et il change de position, posant le bras sur mon épaule pour m'attirer à lui.

— Tu en es sûre ? me taquine-t-il. Nous n'avons jamais fait l'amour devant un spectateur. Je ne t'ai jamais prise comme ça, en montrant à tout le monde que tu es à moi. Rien qu'à moi. *Toute à moi.*

— Et ça n'arrivera jamais, dis-je malgré le frisson sensuel qui remonte le long de ma colonne vertébrale.

Nous avons déjà regardé d'autres personnes faire l'amour – en dépit de tout ce qui n'allait pas, cette nuit-là à Paris était incroyable –, mais nous ne l'avons jamais fait en public. Et j'ai toujours dit que ça ne m'intéressait pas.

Cela dit, je ne peux nier que cette idée alimente mes fantasmes.

Je croise le regard de Damien. Je m'attendais à y découvrir une lueur malicieuse, mais c'est une chaleur authentique que j'y vois. Le genre de chaleur qui me touche pile au bon endroit et qui détremperait ma culotte si j'en portais une. Apparemment, je ne suis pas la seule à avoir des fantasmes. Je le désire tellement que je suis à deux doigts de me pencher pour prendre possession de sa bouche.

Mais les baisers de Damien ont un pouvoir magique. Ils engourdissent ma raison et envahissent mes sens. Ses baisers me rendent gourmande. C'est lui que j'ai envie de dévorer. Et je crains trop qu'en l'embrassant, mes résolutions s'envolent. Je crains de ne plus me soucier de la présence du chauffeur.

Seigneur, mais qu'est-ce qui m'arrive ?

La réponse est simple, naturellement. *Damien.*

Avec détermination, je me décale sur la gauche, à quelques centimètres de distance. À côté de moi, Damien ricane, ce fumier. Je sais parfaitement qu'il a très bien compris à quoi je pensais.

Je me racle la gorge.

— Quoi qu'il en soit, nous sommes dans la suite

du dernier étage. Je comptais juste réserver une suite classique, mais j'ai consulté le site web et...

— Le toit-terrasse.

— Exact. Je me suis dit que la vue serait splendide.

— Oui, dit-il en me balayant du regard. Je n'en doute pas.

Je soupire, séduite par ses mots et par ses sentiments, mais surtout heureuse d'être toujours aussi attirée par Damien qu'au début de notre relation. Quoique, ce n'est pas tout à fait vrai. Je le suis encore plus maintenant. C'est un brasier de passions nouvelles qui brûle comme le noyau du Soleil, sans cesse renouvelé et d'une chaleur intense.

Je reporte mon attention sur l'écran de mon téléphone et la liste qui y apparaît.

— C'est là-bas que nous prendrons le déjeuner. D'ailleurs, il devrait être prêt dès notre arrivée.

— Tant mieux. Je meurs de faim.

Mais la faim qu'exprime son regard n'a rien d'alimentaire et je ne peux me retenir de rire.

— Tu es insatiable.

— En ce qui te concerne ? Absolument.

— Parfait, déclaré-je. C'est tout ce que je demande.

— Alors, après notre... repas... que faisons-nous ?

— Nous prendrons le ferry pour Sausalito et nous ferons une promenade en vélo sur le front de mer. Ensuite, une limousine nous ramènera à l'hôtel parce que, eh bien figure-toi que j'aime les trajets en limousine avec mon mari.

— Quelle coïncidence. J'adore les trajets en limousine avec ma femme.

— Et demain, nous visitons la ville. Je veux voir cette rue qui serpente, et le Fisherman's Wharf et le Golden Gate Park. Et les phoques. Il y a bien des phoques dans le coin ?

— S'il n'y en a pas, je t'en achèterai.

— Quel flambeur ! réponds-je avec humour. Et l'après-midi, nous déjeunerons sur l'eau dans un bateau privé. Au coucher du soleil, nous irons visiter la Coit Tower avant de dîner quelque part. Je pensais à Chinatown, mais je n'ai encore rien décidé.

— C'est un sacré programme.

Je me renfrogne.

— C'est trop ?

— Pour toi, ce n'est jamais trop. Et tant que tu as laissé de la place dans le programme pour que je puisse te déshabiller…

Je lève les yeux au ciel.

— Monsieur Stark, tu ne penses qu'à ça.

— Ça pose problème ?

Je me retiens de rire.

— J'aimerais aussi faire un peu de shopping pour les filles. Mais il y a sans doute des boutiques à Sausalito. Et peut-être sur les quais ?

Je fronce les sourcils et le regarde d'un air penaud.

— Je sais que c'est un week-end romantique, mais tu crois qu'on pourrait appeler les enfants en arrivant à l'hôtel ?

— Ma chérie, j'y tiens absolument.

— Merci, dis-je en me blottissant contre lui. C'est amusant comme la vie change. Un jour on la regarde d'une certaine manière, et quelques années plus tard on pense au chemin parcouru.

Et même si tout est pareil, c'est aussi très différent.

— Notre vie est plus complète, dit-il.

Je hoche la tête. C'est exactement ce que je ressens.

Il me caresse les cheveux et je soupire de bonheur.

— Sais-tu seulement à quel point je t'aime ? demande-t-il.

— Je crois que j'en ai une petite idée.

Nous restons ainsi pendant un moment, à contempler la vue depuis le Bay Bridge. C'est paisible. Romantique. Très doux. Je me félicite d'avoir organisé ça. Je me dis qu'il en avait besoin. Bon sang, nous en avions besoin tous les deux. Quel que soit le fantôme qui le hantait chez Stark International, au moins maintenant nous en sommes loin, très loin.

En tout cas, c'est ce que je me dis jusqu'à ce que son téléphone sonne. Je lève la tête, les sourcils froncés parce qu'il m'avait dit qu'il l'avait laissé en mode silencieux.

— Désolé. Je n'attendais rien. Il n'y a que quatre

personnes autorisées à m'appeler ce week-end, et l'une d'elles est assise juste à côté de moi.

Je suis certaine qu'il compte Jamie et Rachel – notre baby-sitter pour le week-end et sa secrétaire. En revanche, j'ignore qui est la quatrième, mais si Damien lui a donné la permission de l'appeler, je ne doute pas que c'est important. J'espère seulement qu'en décrochant, il ne retombera pas dans les ténèbres auxquelles je m'efforce de l'arracher.

— Nikki ?

— Excuse-moi, je n'avais pas compris que tu attendais une réponse. Décroche, bien sûr.

C'est ce qu'il fait, et mon cœur se serre quand je constate son soulagement.

— Dis-moi tout, s'exclame-t-il aussitôt, sans préambule.

Il écoute, les traits tirés, puis il se détend un peu et dit :

— Bon, ce sont déjà de bonnes nouvelles. Non, vas-y, fais-le. D'une façon ou d'une autre, il faut que je sache.

Il jette un œil vers moi et détourne

immédiatement le regard. Je le ressens comme un rejet physique.

— Le plus tôt possible, mais tu le sais déjà. Oui, je comprends. Merci, Quincy. Dis à Dallas que je lui en dois une.

Il raccroche et se pince l'arête du nez, les paupières fermées comme s'il sentait monter une migraine. Quand il ouvre les yeux et me regarde, son expression est à la fois méfiante et désolée.

— Ce n'est rien, lui dis-je sans en être convaincue.

Je ne suis plus sûre de rien, car je retrouve dans ses yeux l'ombre que je croyais avoir laissée derrière nous.

— Qui est Quincy et quel est le rapport avec Dallas ?

Dallas Sykes est le PDG d'une célèbre chaîne de supermarchés. Sa réputation d'héritier libertin lui a valu le surnom de Roi de la Baise. Il enchaînait les femmes, dépensait de l'argent et brûlait la vie par les deux bouts. Bien sûr, tout a changé après son mariage – scandaleux, lui aussi, car il épousait sa sœur adoptive, Jane.

Au fond, en apprenant à le connaître, j'en suis venue à croire que sa réputation était inventée de toutes pièces. Ce que j'ignore, en revanche, c'est ce qui se cache sous son physique charmant. Damien le sait, à n'en pas douter, mais c'est le genre de secrets qu'il a le droit de garder. Bien sûr, j'aimerais savoir. Mais c'est à lui de raconter son histoire s'il le souhaite. Malgré tout, je reste persuadée qu'il y a bien une histoire. Surtout depuis que Damien a recruté l'un des anciens employés de Dallas, Noah Carter, un programmeur de génie qui aurait gâché ses talents en travaillant pour une chaîne de supermarchés.

— Quincy Radcliffe. Un employé de Dallas avec des compétences uniques. Je lui ai demandé de faire quelques recherches pour moi. Une sorte d'enquête.

Je hoche la tête. C'est sans doute lié à l'annulation de rachat. Comme je ne veux pas que le travail s'insinue dans notre week-end, je change de sujet.

— Des idées pour le dîner de demain ? On pourrait demander au concierge de l'hôtel. Si c'est un employé de chez Stark, il doit connaître son sujet sur le bout des doigts.

— Chinatown, ça me plaît bien, dit Damien alors que la berline gravit la colline en direction de l'hôtel. On pourrait suivre nos envies du moment ? Je serai peut-être d'humeur à mettre ma femme au menu.

— C'est adorable.

Je me laisse aller dans ses bras et soupire joyeusement quand il les referme autour de moi.

— Pour aujourd'hui, ton plan me convient parfaitement.

Il rapproche sa tête de mon oreille et chuchote rien que pour moi :

— J'ajouterai simplement qu'après avoir bu quelques verres sur le toit ce soir, j'ai l'intention de te faire l'amour jusqu'à ce que tu perdes connaissance. Alors, on a peut-être intérêt à manger un morceau avant de passer aux cocktails.

— Oh.

Mon entrejambe palpite et je m'humecte les lèvres.

— Eh bien, je trouve que c'est un ajout parfait à notre programme.

— Demain matin, nous pourrons aller au coin de la rue pour prendre le petit-déjeuner dans ce charmant restaurant dont j'ai entendu parler.

— Je croyais que c'était à moi de te gâter ce week-end !

— Et si nous nous gâtions l'un l'autre ?

Je prends sa main et la serre.

— Ça me va.

Sa bouche effleure mon oreille.

— J'ai envie de toi tout de suite, murmure-t-il. Heureusement que nous arrivons bientôt à l'hôtel.

— Oui, dis-je avec gémissement. Heureusement que...

Mais mes paroles sont interrompues par le klaxon retentissant du chauffeur. Au même moment, il écrase la pédale de frein.

— Désolé, lance-t-il. Le type de devant vient de piler. Regardez-moi ce bazar. Il se passe quelque chose.

Il a raison. Des voitures sont garées dans tous les sens en travers de la route, juste devant l'hôtel. J'aperçois des agents de police qui s'efforcent de faire circuler la foule, et on dirait qu'un homme se dispute avec le voiturier.

— Je peux vous rapprocher encore un peu. Ensuite, j'irai garer la voiture au sous-sol. Je vous ferai monter vos bagages, Monsieur.

— Ce serait bien aimable.

Une fois que le chauffeur s'arrête, Damien se penche pour lui donner un pourboire, puis il ouvre ma portière. Je sors en premier, mais dès que Damien émerge derrière moi, il s'immobilise. Des dizaines de personnes fondent sur nous, faisant crépiter les flashs de leurs appareils photo et brandissant des micros dans notre direction. C'est une cacophonie de voix indistinctes et je me tourne vers Damien, debout dans mon dos. Il a l'air encore plus abasourdi que moi.

Progressivement, des mots se détachent du brouhaha. Et ils me percutent de plein fouet avec la force d'un boulet de démolition.

— Monsieur Stark ! Damien ! Est-ce vrai ? Avez-vous un enfant avec Marianna Kingsley ?

CHAPITRE 8

Avant que je puisse former la moindre pensée,
Damien m'attire dans la berline. Il claque la
portière et frappe le dossier du siège en criant au
chauffeur :

— Roulez ! Allez, vite !

Le chauffeur s'exécute et, bientôt, nous fendons
la marée de journalistes et de paparazzis.
Comme les vitres ne sont pas teintées, Damien
m'enlace en essayant de dissimuler mon visage
contre son torse. Mais je me dégage vivement et
je me ramasse sur moi-même, la tête dans les
mains et les yeux bien fermés.

— Nikki...

Il pose une main hésitante dans mon dos, mais je

ne réagis pas. J'en suis incapable. Mon esprit est en surchauffe et j'ai besoin de toute ma concentration pour me retenir de hurler.

Un enfant ?

Damien a un autre enfant ?

Ces mots transpercent mon crâne, aussi froids et acérés qu'une lame d'acier. Je reste recroquevillée, repliée sur moi en attendant que la Lincoln arrive enfin dans le garage de l'hôtel. J'entends la portière s'ouvrir et une voix d'homme retentit dans l'habitacle :

— Monsieur Stark, je suis vraiment désolé. J'ignore comment ils ont pu apprendre votre arrivée. Votre femme a tout organisé et nous lui avons promis une entière confidentialité. Je vous assure que je trouverai le fin mot de cette histoire et que le coupable de cette fuite sera renvoyé.

— Nous en discuterons, déclare Damien d'une voix que j'ai rarement entendue.

On devine l'explosion à peine contenue.

— En attendant, ma femme et moi, nous aimerions rejoindre notre chambre.

— Bien sûr. Voici votre clé.

— Nikki.

Sa voix a perdu toute dureté. Elle est plus tendre que jamais. Aussi tendre que lorsqu'il m'a retrouvée par terre, il y a des années, quand j'avais coupé tous mes cheveux dans un effort désespéré pour résister à l'envie de m'automutiler.

Je prends une inspiration et regarde mon mari dans les yeux. *Un enfant. Comment a-t-il pu me cacher qu'il avait un enfant ?*

— Viens, sors de la voiture, dit-il. Nous allons monter.

Encore une respiration. Et une autre. Je me raidis et tends la main.

— Donne-moi la clé, dis-je d'une voix éraillée. J'ai besoin de temps.

Je vois son visage se décomposer, aussi nettement que si j'avais donné un coup de poing dans un miroir.

— Nikki.

C'est mon nom et c'est sa voix, mais je ne reconnais plus rien sous le poids écrasant de la douleur.

Un enfant.

Seigneur, a-t-il couché avec une autre femme ?

Mon estomac se retourne et j'ai peur de vomir.

Non. Non. Mille fois non.

Pas Damien. Pas ça.

Pourtant, cette certitude a beau me marteler la tête, je ne supporte pas l'idée de monter avec lui dans la chambre. Je détourne le regard, me dérobant au sien, et je sors de la voiture avant de tendre la main au gérant.

— J'aimerais monter dans ma chambre maintenant.

L'homme lève les yeux par-dessus mon épaule comme un lapin apeuré. Damien doit hocher la tête derrière moi, parce que son visage exprime un soulagement soudain et il m'adresse un sourire professionnel.

— Bien sûr. Jacob va vous montrer. Nous vous apportons vos bagages dans un instant.

Il fait signe à l'un des portiers près de la porte, et Jacob me conduit vers l'ascenseur. Je sais que Damien me regarde partir, qu'il espère que je vais me retourner, tendre la main et lui dire de venir avec moi.

Mais je n'en fais rien.

J'en suis incapable.

Et je regarde fixement le mur en attendant que l'ascenseur se mette en branle. Puis je me tourne lentement, les yeux rivés sur la nuque de Jacob, m'efforçant de ne pas pleurer.

———

La suite est magnifique, comme je le pensais. Trois murs essentiellement composés de verre et une vue sur San Francisco à couper le souffle. Mais je m'en rends à peine compte.

Je fais les cent pas dans la chambre, calquant mes pensées sur le rythme de mes allées et venues. Étant donné la superficie de la suite, ça fait beaucoup.

Il nous a fait ça.

Damien.

Tout est de sa faute. Tout. L'agression par la presse. La stupeur. L'intégralité de cette expérience aussi effroyable que désolante.

Quant à l'enfant… eh bien, peut-être est-il coupable aussi. Qui peut bien le savoir ?

Malgré tout, j'ai une certitude. Je le connais suffisamment pour savoir qu'il n'a pas eu de liaison. Peu importe le reste, j'en suis convaincue. Damien ne me tromperait jamais. Son dévouement est ma boussole.

Son nom résonne encore dans mes pensées quand la porte s'ouvre, laissant entrer un groom poussant un chariot, Damien sur les talons. Je me crispe et m'assieds au bord du canapé, droite comme un piquet, tandis que Damien donne un pourboire au garçon d'étage et retourne le panneau *Ne pas déranger* avant de fermer la porte à clé.

Quand il revient vers moi, je lis la détermination et les excuses sur son visage.

— Je n'ai touché aucune autre femme depuis toi, Nikki, dit-il.

Je suis la première surprise par le grand éclat de rire qui m'échappe.

Je ris si fort que je glisse au bas du sofa et termine sur le sol. Si fort que ma poitrine me fait mal. Je dois me forcer à reprendre mon souffle. C'est de l'hystérie, bien sûr, mais dans un sens, ça me fait du bien. C'est de la douleur, et bon sang, j'ai besoin de ça en cet instant.

Mais j'ai aussi besoin de parler à Damien et je reprends péniblement le contrôle, à grand renfort d'inspirations, jusqu'à retrouver l'usage de ma voix.

— Mon Dieu, Damien, mais tu crois que je ne le sais pas ?

Je me redresse et me campe devant lui, la tête penchée en arrière. Mes yeux sont rivés aux siens, qui me renvoient tout son chagrin et son regret. Mais je n'ai aucune pitié. Pas maintenant. Pas après tout ce qui s'est passé.

— Tu savais que ça allait arriver, n'est-ce pas ? Tu savais qu'il y avait une bombe enfouie entre nous. Ça fait des jours que tu le sais. *Des jours*, Damien. Et quand je t'ai interrogé, tu m'as menti.

Il ouvre la bouche, mais je lève un doigt pour l'interrompre.

— Des problèmes au boulot ? Pourquoi m'as-tu dit ça ? Pourquoi ne m'as-tu pas dit la vérité ?

Je sens un goût salé et je me rends compte que des larmes dévalent mon visage. Ma vision est floue et je les essuie avant de me rasseoir en soupirant.

— Maintenant, dis-moi, Damien. Dis-moi tout.

Pendant un moment, il se contente de rester planté là, puis il passe les doigts dans ses cheveux noir charbon, hoche la tête et commence :

— Je suis sorti avec Marianna à quelques occasions, avant que tu emménages à Los Angeles. C'est un ami qui nous a présentés. Elle ne cherchait rien de sérieux, en tout cas c'est ce qu'elle disait, et à l'époque ça m'a paru une bonne idée.

J'acquiesce en me rappelant ce que m'a dit Damien quand il a commencé à sortir avec moi : avant de me rencontrer, il ne fréquentait pas les femmes. Il les baisait.

Il me dit qu'ils faisaient attention. Il utilisait un préservatif. Apparemment, elle lui a dit qu'elle prenait la pilule. Mais aucune méthode n'étant infaillible – Anne en est la preuve –, il est possible en théorie que ce garçon soit vraiment le fils de Damien.

— J'ai vu des photos de lui, reconnaît-il. Les cheveux noirs. Les yeux bleus. C'est possible.

Je hoche la tête. Les yeux de Damien ne sont pas bleus, mais ceux de Jackson le sont. Et comme Jackson est son demi-frère, il peut très bien porter ce gène récessif.

En d'autres termes, à en juger uniquement par son physique, le petit garçon, Nate, pourrait vraiment être le fils de Damien.

— C'est le cas ? demandé-je. C'est le tien ?

Il secoue la tête.

— Je ne sais pas. J'ai demandé un test de paternité. Elle a refusé. Ça veut peut-être dire que je ne suis pas le père. À moins que son avocat ne veuille pas prendre le moindre risque tant que je n'aurai pas fait de déclaration officielle.

— Son avocat ?

— Cet enfoiré a exigé que je mette en place un fidéicommis pour Marianna et l'enfant, sinon il menaçait de tout livrer à la presse.

Sa bouche se tord avec amertume.

— Je ne m'attendais pas à ce qu'il le fasse aussi vite.

— Et Charles ? demandé-je, faisant référence à l'avocat de Damien.

— Je lui ai parlé. Il m'a conseillé de ne pas intenter d'action en justice pour obtenir un test de paternité, car l'histoire risquait d'être dévoilée à la presse. Comme je l'ai dit, on ne s'attendait pas à ça. Pas tout de suite, en tout cas.

— Franchement, qu'est-ce que tu croyais ? m'enquiers-je sèchement.

— Pouvoir gérer ça, rétorque-t-il d'un ton cassant. Résoudre tout ce foutu merdier.

— Et donc ? Je n'en aurais jamais entendu parler ?

— Seigneur, Nikki. Tu me connais mieux que ça.

— Vraiment ? Honnêtement, je n'en suis pas sûre. C'est vrai, tu ne m'as jamais parlé de tout ça.

— Non, dit-il simplement. Je ne t'en ai pas parlé. Je n'ai pas pu.

— Pourquoi ?

Il hésite, ouvre la bouche et la referme. Enfin, il secoue la tête et passe les doigts dans ses cheveux déjà en bataille.

— Je ne sais pas.

Cette réponse me fait l'effet d'un coup de couteau dans le cœur.

— Je vois, dis-je en me levant. J'ai besoin de temps.

Je me dirige vers la porte.

Je me sens complètement perdue. Vulnérable. Mais quand Damien tend la main vers moi, je le repousse et de nouvelles larmes me montent aux yeux. Parce que Damien est mon roc. C'est vers lui que je me tourne quand je me sens vulnérable. Et maintenant, à cause de lui, notre monde est sens dessus dessous.

— Nikki…

— Non. J'ai besoin d'espace. Je… j'ai juste besoin d'être seule pour le moment.

Je n'attends pas qu'il réponde. Je ne prends ni clé ni sac à main. Et je ne me retourne pas pour le regarder. Sinon, je sais que je vais me remettre à pleurer et je ne peux pas me le permettre. J'ai besoin d'espace. Je dois me ressaisir et trouver quoi faire. Même s'il n'y a rien à faire. La situation est comme elle est.

Pourtant, ce n'est pas la situation qui me torture.

C'est la manière dont Damien a voulu la gérer. Le fait qu'il m'ait tenue à l'écart. Qu'il ait dressé un mur de mensonges. Ou du moins, des faux-fuyants.

Maintenant, tout cela est entre nous, et le poids de cette réalité a déséquilibré mon monde tout entier.

Je n'ai presque pas conscience d'emprunter l'ascenseur pour descendre dans le hall. Et ce n'est qu'en m'asseyant au bar que je me rends compte que j'avais une destination en tête. Il est presque treize heures. Nous devions aller à Sausalito, mais notre plan est tombé à l'eau, alors j'estime qu'il est grand temps de boire un verre.

Je commande un bourbon, avec glaçons et une cerise, avant d'opter pour une double dose. Après tout, c'est mon déjeuner. Mais quand le barman me l'apporte, je ne bois même pas. Au lieu de ça, j'utilise la petite paille pour remuer l'alcool au fond de mon verre en regardant les glaçons bouger. Ce mouvement est apaisant, presque hypnotique.

— On dirait que votre journée a été dure. Et il est beaucoup trop tôt pour ça.

Je lève la tête et découvre une paire d'yeux gris

magnifiques. L'homme n'est pas trop mal non plus. Il est grand, soigné, comme s'il sortait tout droit d'une séance photo pour un catalogue d'entreprise.

— Je vous en offrirais bien un autre, dit-il devant mon silence, mais vous n'avez pas encore touché à celui-ci.

— Non. Mais merci pour votre proposition.

Je m'apprête à lui dire que non seulement j'ai envie d'être seule, mais également que je suis mariée – ce qu'il doit savoir, étant donné que mon alliance scintille sous les lumières du bar.

Mais je n'ai même pas le temps de répondre. Une voix familière se fait entendre derrière moi. Un seul mot :

— Partez.

L'homme aux yeux gris regarde Damien, au-dessus de ma tête. Pendant un moment, on dirait qu'il va protester, mais il lève les mains et recule d'un pas.

— Je bavardais juste avec la dame.

— Cette dame est la mienne.

Comme je ne me suis toujours pas tournée vers

Damien, je ne suis pas étonnée de voir l'homme aux yeux gris me regarder d'un air interrogateur. Je hoche la tête. Ses yeux alternent entre Damien et moi, puis il courbe l'échine, se retourne et sort du bar d'une démarche nonchalante.

Je laisse passer un battement de cœur, puis un autre. Je sais que Damien est toujours derrière moi. Je ressens sa présence, comme si elle suffisait à imiter la matière du réel.

Au bout d'un moment, je n'y tiens plus.

— Si tu restes, viens ici au moins, que je puisse te voir.

Il s'exécute et prend le tabouret à côté de moi, indiquant au barman qu'il veut boire la même chose que moi.

Je prends une gorgée. Quand son verre arrive, il boit à son tour. Enfin, il prend la parole.

— Je suis vraiment désolé, Nikki.

Une fois de plus, je dois cligner des paupières pour ravaler mes maudites larmes.

— Tu dis que tu n'as pas pu m'en parler. Mais Damien, c'est nous. Sais-tu ce que ces mots ont fait à mon cœur ?

— Et toi, sais-tu ce que ça m'a fait de voir le visage de ce garçon ? De me rendre compte qu'il me ressemble ? Bon sang, Nikki. L'idée d'avoir un enfant dont j'ignorais l'existence. Un enfant qui n'est pas le tien. Le nôtre. Un bébé que je n'ai jamais vu grandir ni entendu prononcer ses premiers mots. Tu sais à quel point c'est important pour moi.

Il pousse un juron à mi-voix et lève son verre pour le vider d'une traite. Enfin, il se tourne et me regarde.

— Comment dire à la femme que j'aime, la mère de mes petites filles, que si ce garçon est le mien, je dois faire partie de sa vie. Il le *faut*.

Ses paroles me percutent et me broient le cœur. Je dois faire l'effort de ne pas pleurer. Bien sûr, il faudrait qu'il fasse partie de la vie de Nate. Damien ne serait jamais absent. Il ne ferait jamais souffrir un enfant par son absence ni d'aucune autre manière. Il sait trop bien ce que c'est que de ne pas avoir de véritable père. Tout comme je sais ce que c'est que de ne pas avoir de mère digne de ce nom.

Je me penche pour lui prendre la main. Dès l'instant où je le touche, je sais que nous y arriverons. Dieu sait que nous avons surmonté bien pire.

— Damien, dis-je avec tendresse. Je comprends. Mais il te suffisait de m'en parler. Tu as vraiment cru que je ne comprendrais pas ?

— Oui. Non.

Il pousse un soupir frustré.

— Bon sang, Nikki, je...

J'attends qu'il termine, et comme il ne dit rien, je déglutis. J'ai l'impression que ce gouffre entre nous s'est creusé de nouveau.

— Je sais que tu n'étais pas chaste avant moi. Ce n'est pas l'existence de cet enfant qui me trouble. Ce n'est pas ce qui me fait du mal. Ce qui me blesse, c'est que tu as construit un mur, Damien. Brique après brique, tu as dressé un mur entre nous ces derniers jours. Et je n'aurais jamais pu croire que ça puisse arriver.

Il se frotte les tempes.

— Je sais.

Je prends une longue gorgée de bourbon avant d'éloigner mon verre.

— Je retourne dans la chambre. Tu viens ?

— Dans une minute, dit-il en tendant la main vers mon reste d'alcool.

J'opine et tends la main vers lui.

— As-tu la clé ?

Il me la donne. Tout cela me semble tellement normal que j'ai du mal à me faire à l'idée. J'esquisse un mouvement vers lui, mais aussitôt je retire ma main. Je ne suis même pas sûre qu'il ait envie d'un contact avec moi.

Cette idée me brise encore un peu plus et je tourne les talons, me ruant hors du bar, à la fois soulagée et déçue en entrant dans l'ascenseur, quand je constate que Damien ne m'a pas suivie.

Alors que les portes se referment, j'appuie ma tête contre le mur en me demandant à quand remonte la dernière fois où je me suis sentie aussi désespérée. Pas depuis l'Allemagne. Pas depuis que Damien a été jugé pour meurtre et m'a repoussée en pensant me sauver s'il me rendait ma liberté. Mais ça n'avait pas fonctionné. Cette fois, il ne me repousse pas, pas vraiment. Nous sommes exactement à la même distance qu'avant. Mais à présent, il y a ce foutu mur entre nous.

Merde.

J'ai laissé mon téléphone dans la suite quand je suis descendue au bar. Lorsque je reviens, il est en train de sonner. Je me précipite au salon et baisse les yeux sur la table basse où je l'ai abandonné. Je m'attends à voir le nom de Damien, mais ce n'est pas le cas. C'est Jamie. Et elle a déjà appelé au moins deux fois.

Mon Dieu, les enfants.

Je m'empare du téléphone et je réponds en appuyant sur le bouton.

— Que se passe-t-il ? Les filles vont bien ?

— Les filles ? s'exclame Jamie, incrédule, d'une voix haut perchée. Est-ce que *toi*, tu vas bien ?

Pour la première fois, je prends conscience que tout ce fiasco est étalé à la face du monde. Ce n'est pas la cerise sur le gâteau, ça ?

— Non, dis-je avec honnêteté. Je ne vais pas bien.

— Je m'en doutais. Comment va Damien ?

Je ne lui dis pas que c'est à cause de lui que je ne vais pas bien, et non pas à cause de cet enfant prénommé Nate. Je devrais lui en parler. C'est ma meilleure amie. Et si je ne peux pas me tourner vers Damien, alors c'est à Jamie que je veux me raccrocher.

Mais pour le moment, j'ai juste envie de dormir. Je me fiche que ce ne soit pas encore l'heure du dîner et que j'aie élaboré un programme si minutieux pour la journée. Rien de tout cela n'a plus la moindre importance. Je veux fermer les yeux et tout oublier, en espérant que demain, le soleil brillera.

Le seul véritable réconfort que je trouve, c'est en songeant tout à coup que, même si tout semble virer au cauchemar, je n'ai pas pensé une seule fois à enfoncer une lame dans ma peau.

CHAPITRE 9

Je suis allée me coucher en espérant me réveiller dans les bras de Damien. Même quand nous nous disputons, nous trouvons toujours la consolation dans les caresses l'un de l'autre.

Mais quand je suis réveillée par le soleil du matin, de l'autre côté de la fenêtre, je me rends compte que je suis seule. Je me tourne en fronçant les sourcils et je regarde de son côté du lit. Les draps sont froissés, mais je ne sais pas s'il a dormi ici. Je me suis tournée et retournée toute la nuit. C'est sans doute moi qui ai emmêlé les draps. D'autant plus que son côté est froid sous ma main.

Ce qui signifie que j'ai dormi seule. Tout comme Damien.

Je réprime un sanglot et je me recouche, ramenant mes genoux contre ma poitrine. J'aimerais juste me rendormir. Mais je sais que c'est impossible. Damien et moi, nous sommes déchirés tous les deux, j'en suis consciente. Pourtant, je sais aussi que le seul moyen de guérir, c'est ensemble.

Je dois me remuer et aller le chercher.

Ce n'est pas aussi facile qu'on pourrait le penser. La suite est immense, mais je fouille chaque pièce. Damien n'est nulle part. C'est alors que je me souviens du toit-terrasse. Je sors sur le balcon et gravis l'escalier. Le soulagement m'envahit quand je le vois, debout à côté de l'une des colonnes qui soutiennent la pergola.

Je me dirige vers lui, mais je m'immobilise en constatant qu'il n'est pas seul. Il y a un homme avec lui, jusqu'à présent dissimulé par la pergola. Un homme mince, avec une beauté brute, des yeux enfoncés et une expression sévère.

Et apparemment, il a l'ouïe très fine, car dès que j'étouffe un cri de surprise, il tourne les yeux vers moi. Par automatisme, je lisse la robe que je porte depuis hier. Au moins, je ne suis pas montée ici en peignoir. Ni nue.

Je fais un pas vers eux. C'est Damien que je regarde et non cet inconnu, cet homme au parfum de danger.

— Je ne savais pas qu'on avait de la compagnie, dis-je.

J'ai beau essayer de modérer la réprobation dans ma voix, je suis certaine qu'on l'entend tout de même.

— Je ne voulais pas te réveiller.

— Je lui ai dit que ce ne serait pas long, dit l'homme.

La sensualité étonnante de sa voix est renforcée par un accent britannique prononcé.

— Je m'appelle Quincy.

— Oh.

— Quincy Radcliffe, précise Damien. Ma femme, Nikki.

Il me tend la main et je le rejoins avec plaisir. Ce n'est qu'en glissant ma main dans la sienne que je me rends compte à quel point j'avais besoin de sentir le contact de sa peau.

— Désolé pour cette intrusion, mais de toute façon, mon enquête me conduisait à San

Francisco. Je me suis dit que j'annoncerais la bonne nouvelle à Damien en personne.

— Une bonne nouvelle ? répété-je. Une bonne nouvelle, ce serait formidable.

Ils me sourient tous les deux et nous nous installons autour d'une table, qui fait également office de foyer extérieur.

— Je t'ai dit au téléphone que j'étais capable d'obtenir un échantillon d'ADN de l'enfant, dit Quincy à Damien.

Il s'apprête à continuer, mais je lève la main.

— Attendez. Quoi ?

Je regarde Damien.

— On peut revenir en arrière ?

Damien se tourne vers moi et m'explique :

— Je t'ai dit que Marianna et son avocat...

— Son petit ami, l'interrompt Quincy. C'est un avocat, mais c'est aussi son dernier homme en date. Cette femme est une croqueuse de diamants, à n'en pas douter. Tu étais un numéro parmi d'autres, mon ami. Et honnêtement, tu étais le plus haut placé. Elle a revu ses ambitions à la baisse depuis. Son homme du moment est un vrai con. Et figure-toi que le type avec qui elle sortait il y a six mois est acteur, à en croire son CV, mais on ne le trouve que sur des sites pornos.

— Je ne chercherai pas, lui assure Damien.

En d'autres circonstances, cette réponse pleine d'humour m'aurait fait sourire. Damien est un homme qui a besoin d'action. Et maintenant qu'il m'a dit la vérité et que les choses ont l'air de bouger du côté de Quincy, les ombres finiront peut-être par se dissiper.

— Bref, quoi qu'il en soit, reprend Damien, je t'ai dit que Marianna et son petit ami exigeaient que je prenne des dispositions pour l'enfant, mais qu'ils rejetaient ma demande de test de paternité. Marianna a pleuré et Warren, le petit ami en question, s'est mis à débiter des conneries, prétendant qu'avec ma fortune je pouvais très bien soudoyer le laboratoire. Il disait qu'elle n'avait couché avec personne d'autre à cette époque et que si je n'allongeais pas la monnaie, ils rendraient l'affaire publique.

— Et tu ne voulais pas aller jusqu'au procès, à cause de la publicité, ce qui reviendrait exactement au même que ce dont ils te menaçaient.

— Tout juste.

Il jette un œil vers Quincy.

— Alors, j'ai pris les choses en main et c'est la raison de la présence de Quincy avec nous. Il a réussi à se procurer un échantillon d'ADN de l'enfant. Et il travaille à identifier le vrai père.

— Je n'y travaille plus, précise Quincy. C'est fait. Je l'ai retrouvé hier soir. Daniel Bryson. C'est essentiellement pour ça que je suis venu ici aujourd'hui, ajoute-t-il. Sinon, je n'aurais pas interrompu votre week-end.

— Un instant, dis-je. Revenez en arrière. Et d'abord, qui êtes-vous ? Je croyais que vous travailliez pour Dallas.

Quincy lance à Damien un regard interrogateur et ce dernier secoue légèrement la tête.

J'expire en comprenant.

— Dallas ne gère pas vraiment la chaîne de magasins de sa famille, si ?

— Si, c'est ce qu'il fait, explique Quincy. Mais je n'y travaille pas. Même si je travaille pour Dallas.

Je reporte mon attention sur Damien, car Quincy entretient le mystère.

— Disons simplement qu'avec Dallas, il ne faut pas se fier aux apparences. Et sous la surface se cache un groupe d'enquêteurs grassement financés et… des agents, en quelque sorte.

— Il veut dire des mercenaires, m'explique Quincy. Certains diraient des membres de milice privée. Mais il vaut mieux ne pas employer ces termes-là. Officiellement, je travaille au MI6. Officieusement, je fais des extras pour Délivrance.

J'écarquille les yeux.

— Oh. Je vois.

Je ne vois pas l'image d'ensemble, très certainement, mais je cerne au moins les points essentiels. Parce que j'ai entendu parler de Délivrance. Quincy a raison, on considère qu'il s'agit d'une milice privée. Et elle a pour mission de retrouver, de secourir et de rapatrier des dizaines de victimes d'enlèvement et de trafics d'humains.

Je croise le regard de Damien.

— Décidément, Dallas cache bien son jeu. Je ne peux pas dire que ça m'étonne, sachant que je l'ai déjà rencontré.

Au bout d'un moment, je fronce les sourcils.

— Mais il y a quelque chose que tu ne me dis pas. Ce n'est pas qu'une question de paternité, je me trompe ? Si tu essayais uniquement de faire analyser l'ADN de l'enfant, avais-tu vraiment besoin du MI6 ? Enfin, l'équipe de Ryan aurait pu s'en charger, non ?

— Si Ryan était disponible, il aurait pu s'en charger personnellement, acquiesce Damien. Je n'avais pas envie que ça s'ébruite au sein de la société. Je fais confiance à mes employés, mais je n'aime pas révéler un secret à la face des gens et exiger d'eux qu'ils tiennent leur langue. C'est mieux de faire appel à des contacts extérieurs.

— Alors, tu as appelé Dallas.

— Et lui, il m'a appelé, conclut Quincy. Je me suis démené et j'ai fini par obtenir un échantillon d'ADN en parfait état, après avoir suivi le gamin pendant une journée. Sur une canette de soda. Au troisième coup, le prélèvement était le bon. Et tu es tiré d'affaire, mon ami. Pour toi, moi et les laboratoires Stark Medical, le Spécimen-N et le Spécimen-D n'ont aucun lien de parenté.

— Merci, dis-je en même temps que Damien.

Il me regarde en souriant, puis il me prend la main.

— Dommage que les rumeurs aient déjà circulé, dit Quincy. Je me demande pourquoi ils ont fait ça. En crachant le morceau, ils ne pouvaient plus te manipuler en te promettant d'étouffer l'affaire.

— Sans doute pour m'humilier. Mais avec les médias, j'ai déjà connu plus mauvaise posture. Je demanderai à mon équipe des relations publiques de diffuser un communiqué de presse avec les résultats du test de paternité privé, en espérant sincèrement que mademoiselle Kingsley retrouvera le père de son fils.

Il me prend la main et ajoute :

— Et que cette histoire s'arrêtera là.

— Sauf que ce pauvre enfant habite avec cette femme, dis-je. Ce n'est pas toi le père, ce qui veut dire qu'elle a menti en prétendant que tu étais le seul homme possible. Ce n'était qu'une arnaque. Bon sang, elle a peut-être même couché avec toi avec l'intention de te faire chanter. Et dire que ce pauvre garçon va devoir grandir avec cette créature.

— Peut-être pas, répond Quincy. Je vous l'ai dit, je crois avoir trouvé le vrai père.

— Mais comment avez-vous fait ?

Quincy hausse les épaules.

— Un tas de manœuvres. Et j'ai peut-être utilisé les ressources du gouvernement de manière peu convenable pour consulter l'historique d'appels de son portable pendant les neuf mois précédant la naissance de l'enfant. On peut raisonnablement penser que si elle se le tapait, elle lui parlait aussi. En tout cas, c'était à espérer.

— Et le type ? demande Damien.

— Il vit à Oakland. C'est un enseignant. Un gars sérieux à ce qu'il paraît. Apparemment, il était conseiller en investissements financiers quand Marianna lui a mis le grappin dessus. Elle devait penser qu'il irait loin. Elle l'a largué le jour où il lui a annoncé qu'il attendait autre chose de la vie que de rester assis devant un bureau à courir après les chiffres.

— Et le garçon ? demandé-je.

— Il a envie de faire partie de la vie du garçon. Si tant est qu'il soit le père. J'ai demandé son test au labo ce matin.

Je prends la main de Damien.

— Alors, Damien est hors de cause. Maintenant,

nous attendons de voir si ce type est vraiment le père et comment s'en sort Nate ?

— Et nous attendons aussi que la machine publicitaire de Stark commence à faire son œuvre pour blanchir son nom. Je dois dire que c'est un sale coup qui vous est tombé dessus à tous les deux, hier soir.

— Je suis d'accord, renchérit Damien.

Il tend une main sans me lâcher.

— Merci.

— Tout le plaisir est pour moi. Je suis sûr que nous serons amenés à travailler de nouveau ensemble un jour ou l'autre. Mais pour l'heure, je me rends à South Hampton avant de retourner à Londres.

— Avez-vous une femme et des enfants, Monsieur Radcliffe ?

— Quincy. Ou Quince, si vous préférez. Non, dit-il d'une voix un peu sèche. Il n'y a pas de madame Radcliffe.

— Je te raccompagne, dit alors Damien. Veux-tu commander le petit-déjeuner ? me demande-t-il.

— Bien sûr. Au revoir, Quincy. Et merci.

Il me prend la main et y dépose un baiser au lieu de me la serrer. En les regardant partir, je ne peux m'empêcher de penser que cet homme doit avoir au moins autant de secrets que Damien. Et si tel est le cas, bon courage à lui.

Damien est de retour en moins de temps qu'il m'en faut pour commander le petit-déjeuner. Il s'avance dans mon dos alors que je termine l'appel et passe les bras autour de ma taille pour m'attirer à lui. Il commence à me mordiller l'oreille au moment où je valide la commande.

— Arrête, dis-je après avoir raccroché.

— Pourquoi m'arrêter maintenant ? Tu as fini.

Je me retourne dans ses bras.

— Tu vas mieux. Je suis contente.

Je regarde le mélange d'émotions sur son visage. Puis il recule d'un pas, nos doigts entrecroisés. Il m'entraîne vers les chaises surplombant la ville et il m'attire sur ses genoux en s'asseyant.

— Je ne sais pas si ça va te paraître cohérent, commence-t-il, mais avant que tout ça n'arrive, je croyais avoir déjà connu la peur.

Je change de position et fronce les sourcils en essayant de comprendre.

— Avant, je veux dire. Les fois où j'ai cru te perdre. Sofia. Mon procès. Je pensais que tout volerait en éclats. Que tu serais arrachée à moi.

Il se tourne pour me regarder droit dans les yeux.

— Mais ce n'était pas de la peur. La peur, c'est de savoir qu'il y a deux personnes minuscules et précieuses dans le monde, dont je suis responsable. C'est les regarder et me demander si elles seront abîmées parce que j'ai foiré quelque part. C'est de savoir qu'elles dépendent de moi. Et j'ai tellement peur de ne pas être – ni pour elles ni pour toi – l'homme que tu veux et que tu as besoin que je sois.

Je cligne des paupières pour chasser mes larmes et je réponds en hochant la tête.

— Je le sais. Damien, bien sûr que je le sais. Croyais-tu que je ne pouvais pas le comprendre ? Si moi, je ne comprends pas, alors qui le pourrait ?

— Je croyais que ce serait moi, dit-il en hochant la tête. Le père de ce garçon. Les cheveux. Les yeux bleus. Bon sang, même la forme de son menton. Et j'ai pensé te le dire. T'apprendre que j'avais un fils...

— Ce n'est pas le cas, dis-je en passant mes

doigts dans ses cheveux. Et quand bien même, tout se passerait bien. Nous trouverions un moyen de l'intégrer à notre vie.

Il reste immobile pendant un moment, puis il m'attire à lui et enfouit son visage contre ma poitrine. Enfin, il prend possession de ma bouche avec ardeur et férocité, une telle passion que je me sens fondre.

— Bonjour à toi aussi, dis-je à la fin de notre baiser.

— Bon sang, je t'aime tellement ! Et je… depuis que nous avons ramené Lara à la maison, j'ai été… oh, Seigneur. Je ne pensais pas que je pourrais t'aimer encore plus. Et pourtant, c'est le cas. Et nous avons une famille. Une *famille*. C'est si parfait. Tu sais quel miracle ça représente à mes yeux. Pour tous les deux.

Je hoche la tête, car je suis sur la même longueur d'onde.

— J'avais peur d'avoir merdé pour de bon.

— Jamais, dis-je, émue par sa vulnérabilité et par la force de son amour. C'est impossible.

Cette fois, quand il m'embrasse, il prend son temps et se montre infiniment tendre. Je pousse un profond soupir et recule pour mieux voir le visage de cet homme qui représente tout pour moi.

— Fais-moi l'amour, Damien. Je veux me perdre dans tes bras. J'ai envie de voler.

— Tes désirs sont des ordres, Madame Stark, dit-il avant de m'entraîner jusqu'aux étoiles.

CHAPITRE 10

Je regarde Damien faire les cent pas devant la
rambarde du toit-terrasse, la ville de San
Francisco étalée derrière lui, le Golden Gate
Bridge scintillant au loin dans la lumière du
matin. Il a les mains dans ses poches, le visage
impénétrable.

J'aimerais entendre toute la conversation, mais
les seuls fragments que je discerne sont les
réponses que donne Damien dans l'écouteur
enroulé autour de son oreille droite. Jusqu'à
présent, c'est Charles Maynard, son avocat à
l'autre bout de la ligne, qui a fait l'essentiel de la
conversation.

— D'accord, très bien, je crois que c'est bon.
Appelez-moi si vous avez des ennuis avec

McGregor, et envoyez-moi un email si tout se passe comme convenu. Mais je ne m'inquiète pas.

Il ajoute en riant :

— Exactement. Après tout, c'est pour ça que je vous ai embauché. Vous êtes le requin le plus coriace de tout l'océan.

Il part d'un petit rire avant de dire au revoir, puis il retire son écouteur et le laisse tomber sur la chaise.

— Voilà qui met un point final à cette histoire. Ou du moins, je l'espère.

— Le requin le plus coriace de l'océan ?

— C'est un avocat. Et il va assurer.

— Tu n'es vraiment pas inquiet ? demandé-je.

— Tout devrait se passer sans problème, répond-il en secouant la tête. Avec les résultats du test de paternité, ils auraient tort de persister ou de me diffamer publiquement. Marianna n'a peut-être pas de ressources, mais avec un bon procès, je pourrais enterrer son avocat.

— McGregor, c'est ça ?

Il hoche la tête.

— S'ils ne rappellent pas tout de suite leurs chiens et s'ils ne retirent pas leur déclaration avant midi, Charles leur fondra dessus comme un requin sur un banc de saumons.

— Parce qu'il est le pire d'entre eux.

— Dans le monde juridique, le pire, c'est le meilleur, m'explique-t-il avec un sourire.

— Alors, ça y est, c'est fini. Pour nous, en tout cas. Quand même, ce pauvre gamin me fait de la peine.

— Ce n'est *pas* fini, me rappelle Damien. Pas tant que nous ne serons pas certains que Bryson est le père. Et ensuite, pas tant qu'il n'aura pas décidé quoi faire.

— Et s'il n'était pas le père ? Ou s'il décidait de ne pas donner suite ? Ce garçon. Avec cette mère.

Cette idée me donne des frissons.

— D'après ce que je sais de Marianna, et d'après ce que m'en a dit Quincy, elle s'est laissé embarquer, mais toute cette histoire était manigancée par McGregor. Ce n'est pas la première fois qu'il prend des initiatives foireuses de ce genre. Beaucoup de plaintes ont été déposées pour dérogation à l'éthique. Il a eu quelques rappels à l'ordre, mais il n'a jamais été renvoyé du barreau.

— Alors, Marianna cherche juste un mari riche ? Ce n'est pas une garce manipulatrice ?

Je fais la grimace.

— C'est mieux pour l'enfant. Mais ce n'est pas franchement *mieux*.

— Je le sais, bébé. On ne peut pas faire grand-chose. Et nous ne devons rien faire tant que Bryson ne nous aura pas donné toutes les informations.

Je hoche la tête et inspecte mes ongles. Je me demande comment Damien va réagir à ma remarque un peu saugrenue.

— D'accord. Mais quoi qu'il arrive, la fondation Stark pour l'enfance pourrait éventuellement garder un œil sur lui. Et s'il apparaît qu'il a besoin d'aide, une bourse anonyme pourrait lui être accordée ?

Avec douceur, Damien soulève mon menton.

— C'est pour ça que nous sommes ce que nous sommes l'un pour l'autre, dit-il tendrement. Parce que nous pensons exactement pareil.

Quincy nous appelle alors que nous sommes de sortie dans la baie. Damien n'est pas un expert en navigation, mais c'est un amateur confirmé et comme nous avions envie d'intimité, nous avons loué notre propre bateau au lieu de partir avec un guide.

Nous sommes restés sur l'eau pendant une heure environ, et nous venons de jeter l'ancre afin de profiter du pique-nique que nous avons apporté, un panier déjeuner préparé par les cuisiniers du Stark Century Hotel.

— Alors, annonce-moi de bonnes nouvelles, dit Damien en guise de salutation dès qu'il décroche.

Cette fois, il a mis le haut-parleur et j'entends toute la conversation.

— J'ai beaucoup de choses à dire.

Quincy va droit au but, d'une voix à l'accent distingué.

— Monsieur Bryson est le père. J'ai demandé au laboratoire d'accélérer les tests, et les résultats sont irréfutables.

— C'est une excellente nouvelle, dis-je. Si Bryson veut s'impliquer dans la vie du garçon, naturellement.

— C'est ce qu'il souhaite. À tel point qu'il a pris les choses en main. Il est déjà en train de préparer une requête pour demander au juge le partage de la garde, et son avocat lui a confirmé qu'il avait toutes ses chances. Il m'a dit de te remercier de lui avoir recommandé la société de Charles Maynard. Il a été agréablement surpris par leurs tarifs horaires plus que raisonnables.

Je regarde Damien qui hausse les épaules. Je me redresse sur mes genoux et me penche pour l'embrasser.

— Tu es un homme bien, Damien Stark, dis-je une fois la communication coupée. J'ai de la chance de t'avoir.

Et je suis si heureuse que le monde ait retrouvé son cours normal.

En soupirant, je me rapproche pour m'installer entre les jambes de Damien. Il passe ses bras autour de moi. Notre projet était de passer toute la journée sur le bateau, de boire du champagne au coucher du soleil et de faire l'amour à la lueur du crépuscule, puis de prendre l'avion ce soir pour pouvoir être à la maison demain matin et prendre le petit-déjeuner avec les filles.

Mais maintenant...

— Damien ?

Je me retourne dans ses bras afin de le regarder dans les yeux.

— Tu veux bien faire quelque chose pour moi ?

— Tu le sais, bébé. Tout ce que tu veux. Tout ce dont tu as besoin.

— On pourrait rentrer à la maison maintenant ? Je sais que nous n'avons pas vraiment pu profiter de San Francisco, mais la ville ne partira pas. Et honnêtement, j'ai très envie de voir les filles.

— Oui, dit-il avec un sourire tendre. Je trouve que c'est une excellente idée.

Il se penche et dépose un baiser sur mon front.

— Autre chose ?

Je réfléchis à sa question, mais je finis par secouer la tête en lui rendant son sourire.

— Tu m'as déjà tout donné, Damien. Maintenant, j'ai juste envie que tu m'embrasses.

Et tandis que le bateau oscille sur les vagues, je

me blottis dans l'étreinte de mon mari et je m'abandonne à la douce sensualité de ses bras, de son baiser, de tout le reste, profitant de ces derniers moments à deux avant de retourner chez nous, auprès de nos filles, en famille.

FIN

———

Découvrez le premier chapitre de Protège-moi

PROTÈGE-MOI

Je me tiens sur la terrasse en bois de mon pavillon de plage, les notes joyeuses du *Rondo Alla Turca* de Mozart dans la tête. Le tempo enlevé de la musique en sourdine contraste fortement avec le calme relatif du Pacifique devant moi. En attendant, j'appuie du bout des doigts sur l'écouteur pour le remettre en place avant d'agripper à nouveau la balustrade. Les yeux tournés vers la mer, je m'imprègne de la beauté qui s'étend jusqu'à l'horizon et au-delà.

Il est à peine plus de dix heures et le ciel a déjà perdu les nuances orange et pourpres qui ont teinté ce début de matinée. À présent, il déploie sa couverture azurée sur la mer dansante qui étincelle dans la lumière éclatante du soleil.

Je m'y connais un peu en beaux-arts – en étant mariée à un homme comme Damien Stark, qui apprécie les arts et dispose des finances pour acheter tout ce qui lui plaît, c'est inévitable. Alors que j'admire ce paysage incroyable, deux pensées s'imposent à mon esprit. D'abord, aucun tableau ni aucune photographie ne pourra jamais capturer la majesté d'un tel panorama. Et ensuite, je suis plus heureuse que je ne l'aurais jamais imaginé. Chaque jour, je suis reconnaissante pour ce que j'ai, aux antipodes de l'horreur qu'était ma vie au Texas.

J'ai mes enfants. Ma maison. Mon travail. Mon paysage.

Et Damien, me dis-je avec un frisson de délice. Par-dessus tout, j'ai Damien. Mon mari, mon amant, mon cœur.

J'expire lentement en prenant le temps de savourer ce moment. C'est une belle journée, une journée décontractée, et j'ai l'impression de la mériter. Lors de notre voyage à San Francisco il y a quelques mois, Damien et moi avons connu une fêlure. Rien de grave – je crois qu'il ne pourrait jamais rien arriver d'insurmontable entre nous, et si cela devait advenir, la douleur d'une séparation me tuerait.

Mais il m'avait caché des choses. Pour tenter de me protéger.

Un sourire ironique étire mes lèvres. Je comprends pourquoi il a fait cela, mais entre nous, les secrets ne fonctionnent jamais. Et maintenant, bien sûr, il me doit une revanche sur cette escapade ratée.

Je réfléchis aux dates auxquelles nous pourrions nous offrir une autre virée sur la côte quand Abby revient brusquement en ligne. À bout de souffle, elle s'exclame :

— Désolée ! Désolée ! Je ne pensais pas que ce serait si long. Débugger ce code, c'est la mort.

Ma société, Fairchild & Associés, conçoit et installe des logiciels d'entreprise ainsi que des applications web et mobiles – professionnelles, mais aussi de divertissement. Aujourd'hui, Abby s'arrache les cheveux sur *Assist' Maman*, l'application d'une simplicité trompeuse qu'elle a conçue : rappels aux parents, planification de rendez-vous, surveillance audio et vidéo, messagerie directe avec les baby-sitters et autres supports du même ordre, le tout dans une seule appli. Nous sommes en période de bêta-test depuis deux semaines et la date officielle de mise sur le marché approche à grands pas.

Naturellement, plus nous touchons au but, plus les pépins s'accumulent, mais Abby est excellente en programmation et elle a toujours surmonté chaque défi qui se présentait. Si elle rencontre des problèmes maintenant, c'est que ce morceau de code doit être sacrément coriace.

— Travis n'a pas pu t'aider ? demandé-je.

Travis est notre dernière recrue.

— Pas vraiment.

Le silence retombe, mais elle enchaîne :

— Il a tellement de pain sur la planche que je n'ai même pas fait appel à lui.

Je joins mes paumes, comme pour prier, et je me tapote le menton. J'hésite entre me taire et parler. Le silence est plus facile, mais il s'agit de ma société et je dois me comporter comme une adulte, même si ce n'est pas le cas de mes employés.

Associés, corrigé-je. Elle n'a que dix pour cent des parts, mais Abby est mon associée désormais. Je l'ai intégrée quand j'éprouvais des difficultés à jongler entre ma vie de chef d'entreprise et celle de nouvelle maman, et je ne le regrette pas. Non seulement cette fille est une informaticienne de génie, mais elle ne me baratine pas. Si elle me dit qu'elle sait faire quelque chose, c'est qu'elle en est capable. Si elle doute ou si elle commet des erreurs, elle ne me le cache jamais. Et elle ne se livre pas aux petites intrigues de bureau.

Ou du moins, elle ne l'a encore jamais fait.

Avec un soupir, je m'assieds sur le coussin d'une chaise de jardin. Je porte un bikini noir avec un chemisier simple et un grand foulard noué sur les hanches en guise de paréo. Il s'ouvre quand je m'assieds, révélant mes cuisses nues striées de cicatrices. Je m'empresse de croiser les jambes en remettant le foulard en place pour masquer ma peau exposée. Puis je m'efforce de me concentrer sur Abby. Ce n'est pas le moment de penser à mon passé, et encore moins au discours que je dois donner demain matin.

Uniquement à Abby.

— Bon, je t'envoie le code, me dit-elle. Et tu laisses ta magie opérer, d'accord ?

— C'est une option. Ou tu pourrais faire intervenir Travis. Si je me souviens bien, le débogage fait partie intégrante de sa fiche de poste.

J'entends bien l'intonation maternelle dans ma voix, mais c'est plus fort que moi.

— Et comme tu n'as toujours pas fait appel à lui, j'en déduis que tu es trop fière pour ça – ce qui n'est pas du tout l'esprit de cette société –, ou alors que tu restes bloquée par ce nuage noir entre vous. Et ce n'est pas un bon esprit non plus.

— Oh, et puis zut.

À mi-voix, elle lâche une série de jurons incompréhensibles qui ne me sont probablement pas destinés, puis elle prend une profonde inspiration.

— Nikki, je suis désolée, dit-elle en retrouvant le ton professionnel que je lui connais. Je ne voulais pas que nos histoires personnelles s'immiscent dans le travail.

Je passe les doigts dans mes cheveux tout en réfléchissant. Il me semblait bien avoir perçu des étincelles entre ces deux-là, les premières semaines après son arrivée. Maintenant, une tension désagréable s'est installée et ils ont du mal à travailler ensemble.

À contrecœur, je quitte ma chaise. Je sais ce que j'ai à faire, mais ça ne me plaît pas.

— J'ignore ce qui s'est passé, mais il y a un impact évident sur ton travail. Le tien, Abby. Que je sache, Travis fait toujours ce qu'on lui demande. Si je t'ai prise comme associée, c'est parce que je t'en croyais capable. Tu vas devoir surmonter ce qui s'est passé entre vous.

— Je sais.

— La boîte est si petite que je n'ai jamais pensé à établir des règles pour les relations au sein de la société...

— Nous n'aurions jamais dû...

— ... *et* je ne pense pas que nous en ayons besoin. Mais je pourrais changer d'avis si vous ne réglez pas le problème, tous les deux.

Au fond, je ne suis pas beaucoup plus âgée qu'Abby – elle a vingt-cinq ans –, mais en ce moment, le gouffre est immense entre nous. J'ai vécu tant de choses, bonnes et mauvaises. À de nombreux égards, Abby a encore un vernis provincial, même si ça fait plusieurs années qu'elle est arrivée à Los Angeles pour ses études.

— Tu vas y arriver ? Ou faut-il qu'on se sépare de Travis ?

Je me mords la lèvre en espérant qu'elle ne se rendra pas compte de mon coup de bluff.

Heureusement, elle ne tarde pas à me répondre :

— Non... non, c'est un atout majeur. Et c'est sans doute mon... bref, peu importe. Enfin, je vais voir s'il peut nous aider sur cette section de code.

— Sur quoi travaille-t-il en ce moment ?

— Il passe en revue toutes les demandes de soutien technique reçues ce mois-ci sur les applis de smartphone et il répartit les corrections entre nos free-lances, s'il s'agit de bugs importants. Mais il devrait avoir le temps de m'aider. Et tu as raison. C'est le meilleur. Il y a de grandes chances qu'il trouve la solution.

Mon corps s'affaisse de soulagement. Je n'ai pas eu beaucoup de problèmes de management à gérer depuis que j'ai lancé mon entreprise – notamment parce que j'ai fait cavalier seul pendant longtemps – et je me félicite d'avoir réussi à contourner cet écueil.

Honnêtement, je n'aurais pas dû laisser la tension entre eux prendre de telles proportions. Mais c'est l'inconvénient de travailler dans ce pavillon, je passe moins de temps avec mes collègues que lorsque j'occupais un bureau à

Studio City, ce qui signifie que je suis moins au fait de tout ce qui se passe entre mes employés.

L'avantage, bien sûr, c'est que je suis plus proche de la maison. À quelques pas, pour tout dire, étant donné que le pavillon où j'ai installé mon bureau depuis près de deux ans est situé au bas de notre terrain à Malibu.

Quand nous avons commencé à sortir ensemble – ou pour être exacte, quand Damien m'a payée un million de dollars afin que je pose nue sur un portrait désormais suspendu dans notre séjour du deuxième étage –, il avait presque terminé la construction de la splendide demeure où nous vivons aujourd'hui. À l'époque, et c'est encore le cas, le seul défaut que je trouvais à cette maison, c'était sa distance de la plage. Située à flanc de colline, elle offre une vue imprenable et tout le confort possible, depuis la piscine à débordement jusqu'à l'héliport. Mais pour se promener sur la plage, il faut d'abord descendre le chemin de gravier sinueux. Il ne suffit pas de franchir la porte pour avoir les pieds dans le sable, car même si la propriété est en bord de mer, la maison est reculée.

Voilà pourquoi mon mari, avec l'aide d'un architecte, a conçu le pavillon qu'il m'a offert en cadeau. Ce ne devait être qu'une extension de notre maison, mais aujourd'hui je m'en sers de bureau. C'est un arrangement formidable qui me permet d'être proche de nos filles, Anne et Lara, même quand je suis immergée jusqu'au cou dans un projet.

Mais cette période se termine dans quelques jours, comme Abby me le rappelle en posant sa prochaine question :

— Alors, je te retrouve au bureau ?

— C'est l'idée. Je veux que Travis, Marge et toi soyez contents des nouveaux locaux.

J'ai rendez-vous avec une journaliste dans une boulangerie voisine pour une brève interview dans à peine plus d'une heure. Ensuite, je déjeune avec ma meilleure amie, Jamie, avant de faire quelques courses et de visiter nos nouveaux bureaux.

— Ça me plaît, dit-elle. Tu sais, au début, je croyais que ça m'ennuierait. Après tout, travailler en pyjama toute la journée sans perdre de temps en trajets, c'est génial, mais je suis enthousiaste de retrouver un bureau. Je commençais à parler à mes moutons de poussière.

— Laisse tes drôles d'animaux de compagnie

chez toi, lui dis-je. Par contre, nous pourrions peut-être accepter un code vestimentaire décontracté.

Abby accueille ma tentative d'humour par un gloussement inélégant, proche du reniflement.

— Je vais t'envoyer la liste de tous les projets en cours dès que nous aurons raccroché, me promet-elle. C'est une liste à rallonge. Tant mieux, parce que ça veut dire qu'on fait un boulot formidable.

— C'est vrai, n'est-ce pas ?

C'est justement parce que nous sommes formidables que nous devons louer des bureaux. J'ai vendu mes locaux initiaux peu après la naissance d'Anne, quand j'ai décidé de commencer à travailler dans le pavillon de plage. À l'époque, il n'y avait que moi, Abby et Marge – notre responsable administrative, secrétaire et figure maternelle. Abby travaillait essentiellement de chez elle et Marge partageait son temps entre le télétravail et le pavillon.

À présent, Anne a presque deux ans, notre liste de clients s'allonge, nous avons une équipe solide de free-lances et nous envisageons d'embaucher au moins un autre programmeur à temps plein, un cadre commercial et un directeur du développement. Plus important encore, non seulement les revenus augmentent, mais ils sont en plein essor.

— Waouh, dit Abby.

— Quoi ?

— Je me demande si je sais encore me maquiller.

— Menteuse, dis-je, provoquant son éclat de rire. Tu te maquilles même pour aller faire les courses.

— Euh, c'est l'hôpital qui se fout de la charité.

Je n'ai aucune objection à opposer. J'ai fait de gros efforts pour me détacher des leçons de vie inculquées par Madame Elizabeth Fairchild, mais sur ce point, ma mère a gagné. Je n'ai jamais réussi à sortir de chez moi sans être sous mon meilleur jour.

— C'est pour ça que nous formons une bonne équipe.

— Mercredi, dit-elle, me rappelant la date de notre premier jour dans nos nouveaux locaux.

— Il y aura du gâteau.

— Dans ce cas, tu peux être sûre que j'arriverai à l'heure.

Je lève les yeux au ciel. Bien sûr, elle ne me voit pas.

— Dois-je demander à Travis de travailler sur les mises à jour Greystone-Branch ? demande Abby. Ou penses-tu que nous devrions attendre d'avoir embauché quelqu'un d'autre ?

— Ça peut attendre une semaine. Nous verrons comment se passent les entretiens de jeudi et vendredi.

Nous tâtons le terrain depuis quelque temps et nous avons prévu de rencontrer cinq programmeurs potentiels dans nos nouveaux locaux ainsi que les candidats aux autres postes.

— Parfait. Oh, Marge et moi, nous viendrons au brunch. Travis aussi. J'ai hâte.

— C'est super.

Je déglutis, un peu coupable de ne pas les avoir personnellement invités. Il était prévu que la fondation Stark pour l'enfance envoie une invitation à tous mes employés – après tout, la société fait des dons réguliers à la fondation –, mais je n'avais pas vraiment réfléchi au fait qu'ils seraient présents dans le public pendant mon discours.

La perspective est intimidante et je me rassieds lentement sur la chaise. Une fois de plus, je crains d'avoir fait le mauvais choix. Ce samedi s'annonce redoutable.

— Nikki ?

— Désolée. La connexion était mauvaise. Tu disais que vous alliez tous venir ?

— Nous sommes impatients.

— Moi aussi.

C'est un mensonge. Ou du moins, en partie. Je suis enthousiaste. C'est un honneur de prendre la parole au brunch annuel de la fondation. Mais j'ai une frousse bleue.

Je m'apprête à couper la communication quand elle se racle la gorge et dit :

— Une dernière chose.

Au ton de sa voix, je suis sur le qui-vive, et j'hésite avant de répondre par un « oui » grave et prolongé qui laisse entendre que je flaire la mauvaise nouvelle.

— Non, non, s'empresse-t-elle d'ajouter. Ce n'est

rien. Je voulais juste t'annoncer que nous avons reçu un nouveau CV aujourd'hui pour le poste de programmeur. Brian Crane. Tu as déjà travaillé avec lui, non ?

Je fais la grimace et je me réjouis qu'elle ne puisse pas me voir. Brian travaillait avec moi chez C-Squared. Mon dégoût pour cette société vient du fait que le propriétaire, Carl Rosenfeld, était un parfait connard. La mauvaise image que j'avais de lui s'est répercutée sur mes collègues, mais ce n'était pas leur faute. Brian était déjà un excellent programmeur à l'époque et il doit être encore plus doué aujourd'hui.

— Envoie-le-moi, je vais y jeter un œil. Je suis curieuse de savoir ce qu'il devient.

Après m'avoir répondu qu'elle le ferait, elle raccroche et je prends une longue inspiration. *Brian Crane.* Cet homme ne m'intéresse pas spécialement, mais en revanche, le souvenir de Carl réveille en moi toutes sortes d'émotions, dont le mépris qui arrive en première place.

Mais je suis sûrement un peu injuste. Après tout, sans Carl, Damien et moi ne serions peut-être pas ensemble aujourd'hui.

Le téléphone sonne et j'appuie sur mon
écouteur.

— Qu'as-tu oublié ? demandé-je, certaine qu'il
s'agit d'Abby.

Mais ce n'est pas elle. C'est Damien.

— Oublié ?

Sa voix forte et sensuelle fait bouillir mon sang.
Mon corps frémit avec intensité, comme s'il était
debout juste devant moi, m'enveloppant de son
regard ténébreux, faisant vibrer toutes mes
terminaisons nerveuses. Je me rends compte que
je viens de me lever, comme si sa voix m'avait
hissée sur mes pieds.

— Je ne crois pas avoir oublié le moindre détail à
ton sujet.

— C'est bon à savoir, Monsieur Stark.

Ma voix est éraillée, voilée par le désir. Et alors
que la brise fraîche venue du large souffle sur ma
peau soudain brûlante, mes tétons se contractent
sous mon haut de bikini.

Même après toutes ces années – même après
deux enfants, les nuits blanches et les caprices
de bambins –, il suffit d'un mot de Damien pour
me faire fondre. Parfois, je me demande si le

désir qui bout à gros bouillons se contentera un jour de mijoter sagement, mais cela me semble impossible.

— Dis-moi à quoi tu penses, demande-t-il.

Je ferme les yeux et je l'imagine devant moi, grand, athlétique et autoritaire.

— Je pensais à toi. Tu devrais savoir que je pense toujours à toi.

— Alors, c'est quelque chose que nous avons en commun, Mademoiselle Fairchild.

— C'est *Madame Stark*, merci bien.

Je sais qu'il entend le sourire dans ma voix.

— Oui, c'est vrai. Et ça me plaît beaucoup. À quoi pensais-tu, exactement ?

— À cette première nuit chez Evelyn. Et même si Carl est une affreuse vermine, je me disais que si je ne travaillais pas pour lui ce soir-là, nous ne serions peut-être pas ensemble.

— Si, nous serions ensemble, dit-il d'un ton sans appel. En apprenant que tu étais à Los Angeles, je t'aurais cherchée. Sois-en certaine, Madame Stark. Nous étions faits l'un pour l'autre, Nikki. Toi et moi, c'était inévitable. Et c'est à peine si

Carl Rosenfeld a joué un rôle dans notre vie commune.

La vérité dans ses propos m'arrache un soupir de bonheur. Bien sûr, il a raison. Je sais que nous nous serions trouvés malgré tout.

— Et toi, à quoi pensais-tu ? demandé-je.

— Je me disais que ça fait plus de soixante heures que je ne t'ai pas vue, et qu'au moment où je rentrerai ce soir, on s'approchera dangereusement des soixante-dix heures.

— C'est bien trop long.

Damien est parti à Chicago mardi en début de matinée. Maintenant, nous sommes vendredi. Et bien qu'il soit rentré ce matin à Los Angeles par avion, il s'est rendu directement dans son bureau.

— Heureusement, j'ai une imagination très active et intuitive.

— Vraiment ?

En réaction à la chaleur de sa voix, j'ai la bouche sèche.

— Et qu'est-ce que tu imaginais ?

— Ma femme, nue, haletante et éperdue dans

notre lit. Ma queue qui durcit quand je vois ses lèvres s'écarter et son dos se cambrer. Elle est à deux doigts d'exploser. Elle se presse contre mon visage tandis que je dévore son sexe magnifique.

— Mon Dieu, Damien.

Ma voix est tellement chargée de désir que j'ai du mal à prononcer les mots. Je serre les cuisses dans une vaine tentative pour atténuer le désir qui palpite entre mes jambes.

— Je veux que tu m'attendes. Mais pas à la maison. Je te veux pour moi tout seul.

Je hoche la tête sans un mot. C'est un peu ridicule étant donné qu'il ne me voit pas.

— Je te rejoindrai au pavillon, dit-il. Je veux que tu sois nue, penchée sur la balustrade. Je te baiserai par-derrière, les mains sur tes seins et le visage enfoui dans ta chevelure soyeuse. Je veux te sentir trembler sous mon corps, la peau en feu. Je veux t'entraîner lentement, te rapprocher du but sans jamais te faire basculer. Pas avant que le soleil disparaisse à l'horizon. Et quand les dernières lueurs orange et mauves éclateront dans le ciel, je te ferai jouir dans mes bras.

Les jambes en coton, je m'assieds à nouveau sur la chaise de jardin.

— Bon sang, Damien. Je crois que je viens de jouir.

Un ricanement grave me répond.

— Trois jours, c'est trop long. Je veux te posséder, Nikki. Marquer mon territoire. Ce soir, je prendrai ce qui m'appartient.

— Oui, murmuré-je. Oh, oui, je t'en prie.

— Et une fois que nous aurons retrouvé notre souffle, je veux marcher avec toi main dans la main jusqu'à la maison pour voir nos filles.

— Tu leur manques, dis-je, enveloppée dans une bulle de bonheur comme dans une couverture chaude et rassurante.

— Elles aussi, elles me manquent.

Un bruit sourd s'échappe de sa gorge.

— Avant, j'aimais voyager. Maintenant, j'ai l'impression de me couper un membre chaque fois que je pars.

— Nous aussi, lui dis-je. Bien sûr, je me débrouille.

J'ajoute avec légèreté :

— Comme hier soir, par exemple. Je n'étais pas seule dans notre lit.

— Ah bon ? Quelqu'un a négocié mon côté du lit ?

— Comme son père. Elle signera de formidables contrats d'affaires, plus tard.

Notre aînée, Lara, aura quatre ans dans deux semaines et c'est déjà une manipulatrice hors pair.

— Elle a dit qu'elle voulait me tenir compagnie pour que je ne sois pas triste de l'absence de Papa. Comment refuser ?

— Tu serais plus forte que moi si tu réussissais. Moi non plus, je n'aurais pas pu.

Pendant un moment, il se tait et le silence me pèse.

— Toutes mes filles m'ont manqué cette semaine.

— Toi aussi, tu nous as manqué. Atrocement. Faut-il vraiment que tu repartes la semaine prochaine ?

J'essaie de garder une voix détachée, mais je

crains de connaître déjà la réponse, et elle ne me plaît pas.

Il rentre à Los Angeles à cause d'une série de réunions qu'il ne pouvait pas repousser. Mais si la crise de Chicago n'a pas été résolue, j'ai le pressentiment que je lui dirai encore au revoir à l'aéroport de Santa Monica dès lundi matin.

— C'est l'une des raisons de mon appel, en fait. Je voulais te prévenir que je récupérerai mon côté du lit la semaine prochaine. J'ai bien peur de décevoir ta petite compagne de nuit.

— Impossible, si ça veut dire que son père est de retour.

Je me sens mille fois plus légère maintenant que je sais qu'il ne repartira pas. En prenant conscience que j'ai mal aux joues à force de sourire, je me rends compte à quel point j'appréhendais un nouveau départ de Damien.

— Que fais-tu en ce moment ? demande-t-il.

— À part discuter avec mon mari ? J'étais au téléphone avec Abby juste avant que tu appelles. Et maintenant, je profite du paysage.

— Quelle coïncidence, dit-il. Moi aussi.

Je l'imagine debout devant l'immense baie vitrée

de son bureau de luxe au dernier étage de la tour
Stark. Son grand corps tonique, ses cheveux d'un
noir de jais luisant dans la lumière du matin. Un
gladiateur moderne en costume sur mesure, qui
embrasse son domaine du regard.

— Tu es tellement belle, dit-il.

Il faut une minute à mon cerveau pour
comprendre. Il ne regarde pas par la fenêtre.
C'est moi qu'il regarde.

Je fais volte-face, tournant le dos à l'océan pour
regarder à l'intérieur du pavillon. Mais il n'est
pas là et quand je fronce les sourcils, déçue, son
rire grave me traverse.

Les caméras de surveillance.

Je me tourne franchement vers l'une des caméras
fixées au coin du toit. Je penche la tête et pose
une main sur ma hanche.

— Tu n'as pas un empire à gérer ?

— C'est au programme de la journée. Pour
l'instant, je me mets en condition avant de
dominer le monde.

Il met l'accent sur le dernier mot et je darde sur
la caméra un regard audacieux.

— Dans ce cas, Monsieur Stark, je suis impatiente de te voir ce soir. Quoique...

— Quoique ?

Je souris avec innocence.

— J'avais prévu de faire une petite promenade sur la plage avant de retrouver Jamie pour déjeuner. Prendre le soleil, me détendre. Tu sais...

— C'est une excellente idée pour décompresser.

— Oui, dis-je avant de me retourner pour lui présenter mon dos. Mais je ne suis plus certaine que ce soit le genre de décompression dont j'ai besoin.

Tout en parlant, je déboutonne ma chemise ample et je la laisse tomber sur la terrasse, révélant mon haut de bikini.

— Nikki...

— Tu m'as fait changer d'humeur, Damien. Maintenant, je suis encore plus tendue. J'ai envie d'un autre genre de chaleur.

Je glisse la main dans mon dos et je détache le fermoir entre mes omoplates. À une main, je soulève mes cheveux blonds mi-longs tandis que, de l'autre, je tire sur l'une des ficelles sur ma nuque. Le nœud se défait et je le lâche, envoyant voler le haut de bikini sur le sable par-dessus la rambarde.

— C'est mieux, dis-je en entendant la respiration de Damien. Mais ce n'est pas encore suffisant.

Comme j'avais l'intention de marcher dans l'eau, je me suis habillée en fonction. Maintenant, je défais le nœud sur ma hanche et je laisse le foulard tomber sur la terrasse en bois.

— Nikki, fait-il d'une voix rauque vibrante de tension.

— Hmm ?

Je feins l'innocence en quittant mon bas de bikini, puis je fais un pas provocant pour me libérer du tissu tombé à mes pieds. À présent, je suis tournée vers l'océan, entièrement nue, dos à la caméra et face à l'étendue d'eau. Et des mètres de plage – sans promeneurs, bien heureusement. C'est l'un des avantages de cet emplacement. Une intimité absolue.

— Ce n'est pas ce que tu voulais ?

— Bon sang, Nikki. J'ai une réunion dans quinze minutes.

Je m'efforce de garder mon sérieux en me tournant vers la caméra.

— Ça tire un peu dans le pantalon ? demandé-je.

Ma voix exprime l'innocence la plus pure tandis que je laisse glisser ma main le long de mon ventre. Mes doigts se frayent un chemin entre mes cuisses. Comme j'ai pensé à Damien, je suis détrempée, et je ne peux retenir le gémissement de plaisir qui s'échappe de mes lèvres entrouvertes.

Je ferme les yeux alors que mes doigts dansent sur mon sexe humide, l'index de mon autre main dans ma bouche. Je le suce tout doucement avant d'effleurer mon téton du bout du doigt. J'étais déjà très excitée à l'idée du spectacle que j'offre à Damien, mais la sensation de la brise marine sur mes mamelons humectés me donne un frisson de plaisir.

— Tu m'as manqué. Et même si tu es rentré, tu es encore trop loin.

— Je peux être de retour dans quarante minutes. Encore moins si je prends l'hélico.

J'éclate de rire.

— C'est tentant. Mais je dois m'habiller et filer. Jamie m'attend.

— Quelle chance, dit-il. Je vais devoir attendre.

— Patience, Monsieur Stark.

— Ce soir, bébé.

Sa voix est éraillée. Brute.

— Tous les soirs, rétorqué-je.

— Oui.

Il prend une inspiration et ajoute :

— Je serai à la maison à dix-huit heures. En attendant, imagine mes mains qui te touchent.

Je ferme les yeux et il raccroche.

Comme toujours.

J. Kenner (alias Julie Kenner) est une auteure de best-sellers internationaux figurant aux classements des journaux *New York Times*, *USA Today*, *Publishers Weekly* et *Wall Street Journal*. Elle a écrit plus d'une centaine de romans, de romans courts et de nouvelles dans toutes sortes de genres littéraires.

Selon *Publishers Weekly*, JK est une auteure qui a un « don pour le dialogue et la création de personnages excentriques », et le *RT Bookclub* estime qu'elle a su « répondre aux besoins du marché en créant des antihéros scandaleusement attirants et dominateurs, et des femmes qui fondent pour eux. » Six fois finaliste de la prestigieuse récompense RITA (*Romance Writers of America*), JK a remporté son premier trophée RITA en 2014 pour son roman *Claim Me* (tome 2 de sa trilogie *Stark*) et le second en 2017 pour son roman *Wicked Dirty*. Elle a vendu des millions de livres, publiés dans plus de vingt langues.

Au cours de sa précédente carrière, JK a exercé comme avocate en Californie du Sud et au Texas. Elle vit actuellement dans le centre du Texas, avec son mari, ses deux filles et deux chats plutôt lunatiques.

Visitez son site web www.juliekenner.com pour en savoir plus et pour entrer en contact avec JK sur les réseaux sociaux !

J. Kenner Facebook Page
Facebook Fan Group
Newsletter

www.jkenner.com